DISSERTATION SUR LES ATTRIBUTS DE VÉNUS.

VÉNUS ANADYOMÈNE.

Gravé en 1770 d'après le Tableau Original du Titien, de la Collection du Palais Royal, par Aug. de St. Aubin, Graveur du Roi, Dessinateur et Graveur de S. A. S. Mgr. le Duc d'Orléans.

DISSERTATION
SUR LES ATTRIBUTS
DE VÉNUS,

Qui a obtenu l'Accessit, au jugement de l'Académie Royale des Inscriptions & Belles-Lettres, à la Séance publique du mois de Novembre 1775.

Par M. l'Abbé DE LA CHAU, Bibliothécaire, Sécretaire-Interpréte & Garde du Cabinet des Pierres-gravées de S. A. S. Mgr. le Duc d'Orléans.

A PARIS,
DE L'IMPRIMERIE DE PRAULT,
Imprimeur du Roi, quai de Gêvres.
Et se trouve chez Pissot, Libraire, rue du Hurepoix.

M. DCC. LXXVI.

AVERTISSEMENT.

Le sujet proposé par l'Académie Royale des Inscriptions & Belles-Lettres, pour le Prix qu'elle a distribué à la Séance publique de la St. Martin, consistoit à examiner Quels furent les noms & les Attributs divers de Vénus chez les différens peuples de la Grèce & de l'Italie ; quelles furent l'origine & les raisons de ces attributs ; quel a été son culte ? *L'Académie invitoit encore les Auteurs à chercher,* Quelles ont été les statues, les Temples, les tableaux célebres de cette Divinité, & les Artistes qui se sont illustrés par ces ouvrages ? *Le Prix a été fondé en l'année 1754 par M. le Comte de* Caylus.

Ce Savant également recommandable par ses connoissances littéraires & par son zèle pour les Arts, eut non-seulement en vue d'éclaircir les points obscurs de la Mythologie, il voulut encore, par cette fondation, se rendre utile aux Artistes, & leur épargner les fautes dans lesquelles l'ignorance du Costume a fait plus d'une fois tomber les plus habiles d'entr'eux. Son intention fut que dans l'examen des sujets proposés, on s'attachât principalement à expliquer par les Auteurs & par les Monumens les usages des anciens peuples à l'égard du culte de leurs Divinités. Ce projet conçu par un Amateur aussi instruit, étoit bien digne d'être adopté par une Compagnie savante, à laquelle le dépôt précieux de l'Antiquité est en quelque sorte confié. L'Académie se prêtant donc aux vues de M. le Comte de Caylus, *& se conformant à ses intentions, avertit dans un ses Programmes,* Qu'elle ne demande point le détail de tout ce que les Mythologues débitent au sujet des Dieux : que dans cette suite de Dissertations elle ne les considère que par rapport aux Monumens.

C'est pour suivre ce plan que j'ai rejetté beaucoup de détails étrangers à l'histoire de Vénus, & absolument inutiles aux

Artistes pour leur procurer des connoissances sur les Attributs de cette Divinité. C'est aussi ce qui m'a engagé à faire graver dans cette Dissertation quelques médailles & d'autres Monumens, dont plusieurs, quoiqu'assez connus des Savans, n'en sont pas moins nécessaires pour l'intelligence du sujet. Peu exercé aux combats littéraires, quand je suis entré en lice, c'étoit moins avec l'espoir de vaincre que pour m'essayer dans un genre analogue à des études auxquelles je me livre depuis quelques années. Occupé, de concert avec M. l'Abbé Le Blond, *de la description des Pierres gravées du Cabinet de M*[gr]. le Duc d'Orléans, *j'ai cru ne point m'écarter de cet objet en examinant la question proposée par l'Académie. Je dois être d'autant plus sensible au témoignage flatteur dont cette illustre Compagnie a bien voulu honorer l'essai que je lui ai présenté, qu'une pareille distinction est peu ordinaire. Son suffrage ne peut que m'encourager, & mon association avec un de ses Membres, dont elle a tant de fois couronné les travaux, me donne lieu d'espérer que le Public accueillera favorablement le choix des morceaux intéressans de l'immense collection que nous nous proposons de faire paroître incessamment: ouvrage beaucoup plus important que nous n'avons entrepris qu'avec la permission & sous les auspices d'un Prince Protecteur des Arts, & qui en posséde tant de chef-d'œuvres.*

DISSERTATION
SUR LES ATTRIBUTS DE VÉNUS,

Quæ quidem licet Amorum voluptatumque mater omnium crederetur, tamen eidem deferebant pudicitiæ principatum.

Martian. Capella *Lib.* 1.

Si les idées que les Poëtes nous ont données de leurs Divinités sont conformes à la tradition & à l'opinion commune de leur temps, ainsi qu'il y a lieu de le croire, il sera toujours difficile de trouver un fil qui serve à nous conduire dans le labyrinthe de la Théologie ancienne. Quand on a vu que Jupiter étoit le plus grand des Dieux, & que Vénus avoit pris naissance du commerce qu'il eut avec Dioné, (1) comment

(1) Homere, Iliad. 3. Théocrite, Idyll. 15. Denys le Périégéte, Apollodore, Liv. 1. nomment Vénus Διωναία, ou ils disent qu'elle étoit fille de Jupiter & de Dioné. Virgile, Ecl. IX. v. 47. appelle César *Dionæus* pour marquer son extraction de Vénus:

Ecce Dionæi processit Cæsaris astrum.

& Horace, Liv. 2. Od. 1, pour désigner l'antre de Vénus, se sert de l'expression *Dionæum antrum.*

ſe déterminer à croire que cette même Vénus tire ſon origine de l'accident funeſte arrivé à *Cœlus* ? (1) Et ſi ce dernier ſentiment étoit celui qu'il fallût admettre, comment ſeroit-elle encore la mère de tous les êtres & la plus puiſſante des Divinités ? S'il y a eu pluſieurs Vénus, quels ſont les moyens de donner à chacune la place qui lui convient ?

Que l'on diſtingue tant que l'on voudra des temps de Théiſme, & d'autres de Polythéiſme, on ſera forcé d'avouer que la Mythologie eſt environnée d'épaiſſes ténébres : il n'eſt guéres poſſible de ſuppoſer que les Anciens euſſent ſur cela un plan formé & un ſyſtême raiſonnable, même en admettant les allégories, & en cherchant à concilier les fictions des Mythologues avec les idées des Phyſiciens. Ce défaut dans le principe qui détruit l'ordre & l'enchaînement des conſéquences, eſt le caractère de toutes ces fauſſes religions, qui ne différent entr'elles que par le nombre d'abſurdités plus ou moins grand qu'elles préſentent. Les Grecs & les Romains ont ſçu donner du moins à la Mythologie un air de vérité qui ſéduit ; ſi elle eſt mêlée de quelques inſipidités, elle contient auſſi des choſes merveilleuſes, & s'il a fallu des fables à l'homme, il ſemble que des fables ſublimes, qui peuvent l'amuſer en l'inſtruiſant, doivent être préférées à d'autres qui ne ſeroient qu'ennuieuſes. Celles qui ſont racontées par Héſiode, par Homere ou par Ovide nous flattent encore en nous faiſant chérir les erreurs de la Grèce ; mais qui pourra jamais prendre quelqu'intérêt aux rêveries de l'Alcoran, à celles du Zend-aveſta, & d'autres ouvrages ſemblables, qui ſont autant de Codes de la folie humaine ? Il s'eſt trouvé des détracteurs de la Fable, parce qu'il y a toujours eu

(1) *Cœlus*, ſelon Héſiode, fut mutilé par Saturne ſon fils, & Vénus naquit de cet accident, comme on le verra bientôt.

des ignorans & des hommes ſans goût; mais ſi l'on eût proſcrit l'ancienne Mythologie, ſi les Grecs ne l'euſſent pas embellie, ſi les Romains ne ſe fuſſent pas fait un devoir de marcher ſur leurs traces, s'ils ne nous euſſent pas tranſmis leurs idées, quel peuple oſeroit prétendre à la gloire d'y ſubſtituer les ſiennes, & que feroient devenus nos Arts les plus agréables? Que l'on voie combien la fable ſeule de Vénus peut fournir d'images, & l'on ſera étonné de la richeſſe du ſujet.

Cependant ſoit que l'on diſe que cette Divinité ait été formée de l'écume de la mer, ou qu'elle doive ſa naiſſance à Jupiter & à Dioné, ſoit qu'on la conſidére comme la Nature elle-même, il n'en ſera pas moins vrai que c'eſt un être chimérique, qui n'a exiſté que dans l'imagination brillante des Poëtes, leſquels l'ont perſonnifiée en l'invoquant comme une des plus importantes divinités, & en lui donnant la plus grande influence dans l'économie de l'univers. Ainſi les idées des anciens ſur Vénus & ſur les autres Dieux, ne ſont autre choſe que le réſultat d'un mélange étonnant & varié d'allégories & d'opinions populaires ornées par les fictions des Poëtes. Si l'on pouvoit débrouiller ce cahos & tracer la marche qui a été ſuivie dans ces combinaiſons, on auroit tout à la fois des exemples frappans de l'élevation de l'eſprit humain & de ſa foibleſſe. On verroit d'un côté beaucoup de génie, de l'autre une crédulité aveugle, & l'on pourroit marquer les dégrés par leſquels la ſuperſtition eſt parvenue à exercer un ſi grand empire.

Mais comme l'objet de cet ouvrage eſt d'éclaircir la Mythologie ancienne, en expliquant les attributs de Vénus, & de préſenter en même temps aux Artiſtes modernes les règles du coſtume qu'ils doivent ſuivre dans les différentes repréſentations de cette Déeſſe, il faudra nous prêter nous-même à l'illuſion, nous tranſporter dans les temples de la Grèce & de

Rome, puiſer dans les ſources où ſont conſignés les principes de la Religion de ces Peuples, rechercher avec ſoin les monumens qui nous en offrent des exemples authentiques, & adopter en quelque ſorte leurs idées. Quant au plan que nous nous preſcrivons, nous eſſaierons de ſuivre dans l'énumération des attributs de Vénus l'ordre le plus naturel : c'eſt-à-dire, qu'après avoir expoſé les opinions communes ſur ſa naiſſance, nous expliquerons à cette occaſion les attributs qui en dépendent, & ainſi de ſuite à l'égard des autres qui ſont relatifs à ſon pouvoir & à ſes diverſes influences. Par cette manière de procéder, on ne ſatisfera pas moins l'eſprit obſervateur du Philoſophe qui deſireroit avoir des notions ſur l'origine de la Divinité de Vénus, que la curioſité de l'Antiquaire ou de l'Artiſte qui s'attachent plus volontiers à la deſcription d'un monument, ou à la connoiſſance des uſages.

L'hiſtoire d'une Divinité telle que Vénus doit néceſſairement entraîner dans des détails qui pourroient paroître quelquefois licencieux; mais il ſeroit aiſé de ſe juſtifier par l'exemple des Pères de l'Egliſe, & particulierement de Clément d'Alexandrie, qui ne craignoit pas, diſoit-il, de révéler des myſtères qui avoient pour objet le culte public. Quoique l'on ne conſidère point ici la Mythologie ſous le même point de vue que les Écrivains Eccléſiaſtiques, qui vouloient la réfuter ou la rendre ridicule; le but qu'on ſe propoſe n'en eſt pas moins utile, & alors tous les mots doivent être égaux pour les oreilles de la pudeur. Nous éviterons donc également & une liberté cynique, & une retenue trop ſcrupuleuſe.

Clem. Alexandrin. edit. Potter. p. 13.

IL n'eſt point étonnant que l'origine d'un être purement imaginaire ſoit obſcure : ce qu'il y auroit de curieux, ſeroit d'indiquer comment les fables ont pu s'accréditer & acquérir l'état de consistance dont elles ont paru jouir. Si nous consultons les Auteurs anciens qui ont parlé des Dieux, ils sont si obscurs ou si peu d'accord entr'eux, qu'il n'en reste souvent que des doutes. Platon reconnoissoit deux Vénus : une plus ancienne, fille de Cœlus, sans mere, & que nous appellons, dit-il, Vénus *Céleste* ; l'autre, plus récente, fille de Jupiter & de Dioné, que nous nommons Vénus *Vulgaire*. Le Poëte Epiménides en admet une différente de celles de Platon, & la sienne est fille de Saturne & d'Evonyme. (1) Ciceron, dans son ouvrage sur la Nature des Dieux, (2) assure qu'il y en a quatre. Apulée (3) la confond avec Cérès, Diane, Proserpine, ce qui prouve qu'aucun n'avoit sur cette Déesse des notions bien claires, & en effet aucun n'en pouvoit avoir. Mais conformons-nous au langage de la Mythologie, & voyons d'abord quelles sont les idées qui peuvent naître de l'étymologie du nom Grec de Vénus. Ce qu'Hésiode raconte de sa naissance a un rapport assez sensible avec le mot Ἀφροδίτη, qui sert à désigner la Déesse. Selon ce Poëte, les parties de la généra-

Sympos. edit. Serran. tom. 3. p. 180.

Theogon. v. 190.

(1) Γήματο δ' Ἐυωνύμην θαλερὰν Κρόνος ἀγκυλομήτης
Ἐκ τοῦ καλλίκομος γένετο χρυσῆ Ἀφροδίτη.

(2) Venus prima, Cœlo & Die nata, cujus Elide delubrum videmus : altera spuma procreata, ex qua, & Mercurio Cupidinem secundum natum accepimus : tertia Jove nata & Dione, quæ nupsit Vulcano, sed ex ea & Marte natus Anteros dicitur : quarta Syria, Tyroque concepta, quæ Astarte vocatur, quam Adonidi nupsisse traditum est. *Lib. 3. de Nat. Deor.*

(3) Regina cœli, sive tu Ceres alma, frugum parens originalis, quæ repertu lætata filiæ, vetustæ glandis ferino remoto pabulo, miti commonstrato cibo, nunc Eleusiniam glebam percolis : seu tu Cælestis Venus, quæ primis rerum exordiis sexuum diversitatem generato amore sociasti, & æternâ sobole humano genere propagato, nunc circumfluo Paphi sacrario coleris : seu Phœbi soror, quæ partu fœtarum medelis lenientibus recreato, populos tantos educâsti, præclarisque nunc veneraris delubris Ephesi ; seu nocturnis ululatibus horrenda Proserpina, triformi facie larvales impetus comprimens, &c. *Apul. Metam. Lib. XI.*

tion de Cœlus étant tombées dans la mer, après avoir été coupées par Saturne son fils, il s'en forma une écume qui donna l'être à Vénus. Homere, (1) Musée, (2) Virgile, (3) Ovide, (4) Tibulle, (5) Catulle, (6) Horace (7) lui donnent cette même origine, & ils lui attribuent une grande puissance sur les eaux de la mer. C'est pour cela qu'elle a reçu les épithétes d'Ἀφρογένεια, de Ποντογένεια & d'Ἁλιγενής.

Oppian. Cyneg. Hesiod. Plutarch.

Il semble même qu'on ait voulu fixer d'une manière plus particuliere la circonstance de son origine par celle de φιλομμηδής, *amans genitalia;* du moins Hésiode le fait-il entendre dans sa Théogonie. (8)

v. 200.

C'est sans raison que Clément d'Alexandrie veut attacher un sens obscène à cette épithéte, dans la description assez libre

In Protrept. edit. Potter. p. 13.

---

(1) Hymn. v. in Venerem.

(2) Ἀγνώσσεις ὅτι Κύπρις ἀπόσπορός ἐστι θαλάσσης
Καὶ κρατέει πόντοιο. Mus. Leand. & Hero.

(3) *Fas omne est, Cytherea, meis te fidere regnis*
Undè genus ducis. Æneid. v.

(4) *Illa dedit faciles auras ventosque secundos;*
In mare nimirùm jus habet orta mari. Paris Helen.

Solve ratem, Venus orta mari, mare præstat eunti. Sapho Phaoni.

Quod timeas non est, auso Venus ipsa favebit
Sternet & æquoreas, æquore nata, vias. Hero Leand.

Sed Veneris mensem Graio sermone notatum
Auguror, à spumis est Dea dicta maris. Fast. lib. IV. v. 62.

(5) *Nam fuerit quicunque loquax, is sanguine natam,*
Is Venerem è rapido sentiet esse mari. Eleg. lib. I.

(6) *Nunc, ô Cæruleo creata Ponto.* Catull. XXXVII.

(7) Parmi les Dieux qu'Horace invoque pour obtenir une heureuse navigation à Virgile, ce Poëte nomme Vénus la premiere.

Sic te Diva potens Cypri
Sic fratres Helenæ lucida sidera
Ventorumque regat pater. Lib. I. Od. III.

(8) Ἠδὲ φιλομμηδέα, ὅτι μηδέων ἐξεφαάνθη.

qu'il fait de la naissance de Vénus ; il a tort de prétendre que c'est ce qui fait donner une portion de sel & la figure d'un membre viril à ceux qui sont initiés aux mystères de Vénus Marine, comme le symbole de sa naissance, & que ceux-ci lui offrent une pièce de monnoie, comme un présent que des amans feroient à leurs maîtresses. Le témoignage de cet Auteur est, à la vérité, étayé de ceux de Julius Firmicus (1) & d'Arnobe (2) ; mais ce qui nous paroît plus intéressant, & ce qui a peut-être en effet rapport à l'épithéte dont il s'agit, c'est une médaille d'argent de Demetrius II, Roi de Syrie, publiée par Haym, & le P. Frœlick, & une autre de moyen bronze frappée pour l'Empereur Antonin dans la ville de *Mallus*. Elles ont toutes deux pour type une Vénus debout, vêtue d'une longue robe, & entourée de *Phalli*.

Annal. Reg. Syr. tab. x, n°. 25.

Quant au mot φιλομμηδὴς, il ne faut pas le confondre avec celui de φιλομμειδὴς, autre épithéte de Vénus, souvent employée par Homere, & qui exprime le penchant que cette Déesse a pour les ris, & son goût pour la gaieté, à quoi Horace fait

Homer. Iliad. 3.
Id. Hymn. in Vener.
Q. Calaber &.

(1) Statuisse etiam ut quicunque initiari vellet secreto Veneris sibi tradito, assem in manum, mercedis nomine Deæ daret.

(2) Necnon & Cypriæ Veneris abstrusa illa mysteria prætereamus quorum conditor indicatur Cinyras rex fuisse, in quibus sumentes ea, certas stipes inferunt ut meretrici, & referunt Phallos propitii numinis signa donatos. *Arnob. Lib. 5.*

vraisemblablement allusion, lorsqu'il dit :

Lib. 1. Od. 2. *Sive tu mavis, Erycina ridens,*
Quam Jocus circumvolat & Cupido.

Du nom principal d'Ἀφροδίτη s'ensuivent naturellement les diverses dénominations de Ποντία, de Θαλασσία, de *Marina*, (1) de *Pelagia*, de *Limenia*, & d'Ἀναδυομένη, qui ont toutes à-peu-près le même sens. Celle de *Limenia* ou *Limnesia* paroît plus restreinte & bornée seulement aux ports sur lesquels Vénus étoit censée veiller, comme on le voit dans une épigramme de l'Anthologie, (2) & comme on l'apprend de Servius. (3) Corinthiac. p. 191. edit. Kuhn. Cette derniere épithéte est citée par Pausanias, qui dit, que l'on voyoit à Hermione une statue de Vénus Λιμενία de marbre blanc, remarquable par sa hauteur & sa beauté. Le titre de *Pelagia* est plus étendu, & semble marquer davantage son domaine sur la mer ; il se lit sur une inscription recueillie par Pag. 127. Reinesius. Gori a fait graver une pierre qui représente une Mus. Florent. Gemm. antiq. tom. 2. femme portée au milieu des mers par un Triton ; & il dit que c'est une Vénus *Pelagia*. Nous serions assez portés à croire Vaillant Colon. p. 164 & 165. que les Corinthiens ont voulu la figurer sur des médailles d'Agrippine, femme de Claude ; on y voit une femme nue sur un char marin, conduit par un Triton portant une espèce de conque, & par une Néréide sonnant de la trompette. Les Corinthiens vouloient par ce monument flatter l'Impératrice,

(1) *Ut tamen noris quibus advoceris*
Gaudiis, Idus tibi sunt agendæ :
Qui dies mensem Veneris Marinæ.
Findit Aprilem. Horat. IV. Od. XI.

(2) Κύπρι φιλομμίστειρα, φιλέργιε, σῶζέ με Κύπρι·
Ρωμαϊκὰς ἤδη δισσεῖτι πρὸς λιμένας.
Anthol. Lib. I. c. XXXI.

(3) *Est Limnesia Venus quæ portibus præest.*
Servius in Æneid. II

qu'ils

qu'ils repréſentoient comme une autre Vénus, avec un de ſes principaux attributs.

Elle eſt donc bien caractériſée comme fille de la mer, ainſi que la nomme Pauſanias, & comme en poſſédant l'empire, Corinthiac. p. 113. ainſi que nous l'avons vu par ſes autres épithétes. Mais il n'y en a aucune qui paroiſſe plus propre à exprimer cette qualité que celle d'Anadyomène, qui eſt particulièrement conſacrée à déſigner le chef-d'œuvre d'Apelles, admiré de toute la Gréce, & ſi célébré par les anciens. (1) M. le Comte de

(1) Nous réunirons dans cette note des paſſages qui ont un rapport direct à Vénus Anadyomène, afin qu'étant rapprochés, on ſaiſiſſe plus aiſément l'idée que s'en formoient les anciens. Nous commencerons par donner la traduction du texte d'Héſiode telle qu'elle eſt dans le Mém. de M. de Caylus.

On vit alors, dit le Poëte, flotter ſur la ſurface des eaux de la mer le grouppe d'une écume blanche qui produiſoit & formoit dans ſon ſein une jeune fille. Cette écume s'approcha d'abord de l'iſle de Cythère; de-là, pouſſée par les flots, elle fut portée ſur la côte de l'iſle de Cypre, où le grouppe s'étant tout-à-coup entr'ouvert, on vit ſortir de ſon ſein une jeune Déeſſe, dont l'éclat, la beauté & la majeſté étonnoient les regards. Dès le premier moment de la naiſſance, l'aimable Déeſſe ſe préſente à l'aſſemblée des Dieux, qui la reçoivent parmi eux; le Dieu d'Amour l'accompagnoit, & les Plaiſirs ſuivoient ſes pas....

Ière. EPIGRAMME DE L'ANTHOLOGIE, Liv. IV.

Voyez Vénus ſortant du ſein de l'onde qui vient de lui donner le jour; c'eſt l'ouvrage du pinceau d'Appelles: conſidérez la Déeſſe qui a ſaiſi de ſes belles mains, ſa chevelure toute trempée, comment elle exprime de ſes cheveux humides l'écume

Caylus a publié & fait graver dans les Mémoires de l'Académie des Belles-Lettres un petit monument de bronze représentant Vénus Anadyomène : l'explication qu'il en donne, fait

---

blanche dont elle vient de naître. Minerve & Junon avouant desormais leur défaite, diront elles-mêmes : charmante Vénus, nous ne vous disputons plus le prix de la beauté.

IIe. Epigramme.

Appelles vit Cypris au moment de sa naissance, lorsqu'elle sortit toute nue du sein de la mer, qui l'avoit enfantée. Le Peintre offre à nos regards la Déesse, telle qu'il la vit en ce moment, couverte d'écume, & l'exprimant de ses cheveux avec ses belles mains.

IIIe. Epigramme.

Lorsque Cypris toute trempée de l'écume qui découle de ses cheveux, sortit nue du sein des flots, elle porta d'abord ses mains sur la chevelure qui couvroit ses belles joues ; elle exprimoit ainsi de ses cheveux humides l'eau écumante de la mer. La Déesse montroit son sein à découvert, & tout ce qu'il est permis d'exposer à la vue. Mais si Vénus est aussi belle en effet qu'elle le paroît dans ce tableau, qu'à la vue de la Déesse, toute la fierté du courage de Mars s'étonne & se confonde.

IVe. Epigramme.

La mer venoit d'accoucher, & la Reine de Paphos qui sortoit de son sein, avec le secours de la main d'Apelles, ouvroit en ce moment pour la première fois ses beaux yeux à la lumiere : vous dont les regards sont attirés par ce tableau, hâtez-vous de vous en éloigner, de peur que l'écume que la Déesse exprime de ses cheveux humides, ne rejaillisse sur vous. Si Vénus disputant la pomme, dévoila jamais aux yeux de Pâris tous les charmes qu'elle étale ici, c'est bien injustement que Pallas a ruiné de fond en comble la ville de Troie.

Ovide fait allusion aux cheveux mouillés de Vénus dans ces vers de l'Élégie 14e. du premier livre :

Formosæ periere comæ, quas vellet Apollo
Quas vellet capiti Bacchus inesse suo,
Illis contulerim, quas quondam nuda Dione
Pingitur humenti sustinuisse manu.

Le même Poëte en parle encore plus clairement au second livre des Tristes, v. 527 :

Sic madidos siccat digitis Venus uda capillos :
Et modo maternis tecta videtur aquis.

voir qu'il ſavoit allier les règles de la critique au goût ſûr qu'il avoit pour les Arts ; & comme il a , pour ainſi dire, épuiſé la matière , il ſuffiroit d'indiquer ſon ouvrage. Nous en détacherons néanmoins quelques réflexions, qui ne paroîtront point étrangeres ici. Cet amateur éclairé , après avoir traduit le texte d'Héſiode, qui traite de la naiſſance de Vénus, examine qu'elles peuvent être les idées que le Poëte aura fournies au Peintre, il fait voir à cette occaſion l'avantage que la liberté de traiter un ſujet, donne au premier ſur le ſecond. » Je ne » crains point, dit-il, d'avouer que ce beau morceau de poéſie Tom. xxx. p. 449. » digne d'être imité, comme il l'a été, avec raiſon, par un » ſi grand nombre d'Auteurs , concourt à prouver l'étendue » des images que les Poëtes ont la liberté de traiter; mais pour » le fait dont il s'agit, les vers d'Héſiode nous font voir que » ce Poëte a ſçu occuper l'eſprit par la deſcription de cette » Vénus, & plaire par les traits, les agrémens, les ſuſpen» ſions, les ſous-entendus, enfin par les avantages de ſon ta» lent ; tandis qu'Apelles a fixé cette Déeſſe aux yeux de tous

---

Au quatrième livre de *Ponto*, Ep. 1. il dit que ce tableau précieux faiſoit la gloire d'Apelles.

Et Venus artificis labor eſt & gloria Coi,
Æquoreo madidas quæ premit imbre comas.

Enfin au troiſième livre de l'Art d'Aimer, il la repréſente toujours dans la même attitude.

Nuda Venus madidas exprimit imbre comas.

Q. Calaber, Livre cinquième, ne diffère guéres d'Ovide,

Ἀφρὸν ἔτ᾽ ἀμφὶ χέρεσσιν ἰχνω ἀπεδύετο κόττω.

Auſone ſe rapproche des uns & des autres dans cette Epigramme, n°. 106.

Emerſam Pelagi nuper genitalibus undis
Cyprin Apellei cerne laboris opus;
Ut complexa manu madidos ſalis æquore crines
Humidulis ſpumas ſtringit utraque comis.
Jam tibi nos, Cypri, Juno inquit, & innuba Pallas
Cedimus, & formæ præmia deferimus.

» les Grecs par une attitude simple, mais si convenable & si
» frappante, que la Grèce entiere s'accorda pour donner à
» cette Vénus le nom d'Anadyomène, en adoptant le moment
» dont il avoit fait choix dans les vers d'Hésiode, c'est-à-dire,
» essuiant ses cheveux lorsqu'elle sort de l'écume de la mer
» dont elle avoit été formée.

Ibid. p. 450. M. de Caylus fait ensuite des réflexions générales sur ce tableau, qu'il décrit ainsi : » La Vénus d'Apelles est représentée » dans le moment qu'elle paroît au jour, elle est dans l'i» gnorance de ses charmes, & ne témoigne aucune surprise; » elle n'a besoin ni d'effort, ni de mouvement : Déesse & sans » passion, l'ingénuité l'accompagne, & la curiosité ne la peut » animer ; mais son premier soin est de plaire & de paroître à » son avantage. Dès-lors elle est occupée de sa parure natu» relle, elle arrange & dispose ses cheveux; le soin qu'elle ap» porte pour les essuier prouve qu'elle vient de sortir de l'eau, » & tout ce qui rappelle une action précédente, est une preuve » aussi rare que constante du génie des Artistes. Que de par» ties muettes & possibles, dans le même instant faut-il réunir » avec sagesse & convenance, pour les faire concourir à l'ex» pression d'un objet fixe & immuable, tel qu'il est pour la » peinture ? Ainsi l'attitude qu'Apelles a préférée est savante » sans le paroître, faite par une action convenable au sexe & » à l'âge, agréable parce qu'elle est dans la nature, que l'œil » le plus sévere ne peut y remarquer la moindre affecta» tion, & qu'enfin sous l'enveloppe la plus simple & la » plus juste, l'esprit charmé n'a nul besoin de sous-entendre, » & qu'il ne peut y parvenir sans le secours de la réflexion. Il paroît d'après une des épigrammes de l'Anthologie, qu'Apelles avoit représenté sa Vénus à mi-corps, d'où il s'ensuit, dit M. de Caylus, » qu'il a nécessairement donné une si juste

» idée d'un caractère ſimple, noble & naïf, qu'il a exécuté ſon » trait avec ſi grande préciſion, qu'il l'avoit ſi bien penſé, que » le Sculpteur du monument de bronze, qui en eſt une copie, » a ſaiſi toutes ces impreſſions, & nous fait voir encore au- » jourd'hui cette jeune perſonne debout ſans aucun contraſte » apparent.

Nous nous faiſons un devoir de renvoyer à la ſavante diſſertation de l'Auteur, dans laquelle il fait la deſcription de ſon petit monument de bronze, en portant un jugement tant ſur les anciens Artiſtes, que ſur les Peintres modernes qui ont oſé traiter le même ſujet, & particulièrement ſur le Titien. (1) Les Peintres & les Statuaires y trouveront des préceptes vrais & un détail conforme aux règles de leur Art. Les Littérateurs admireront l'érudition que l'Auteur a ſçu y répandre; & ils admettront ſans peine la critique du paſſage de Pline, qui ſembloit être au déſavantage d'un auſſi grand Art que celui de la Peinture. Ceux qui voudroient ſavoir plus de choſes ſur Apelles & ſur ſes ouvrages peuvent conſulter le livre de *Junius* qui traite de la Peinture des anciens, & l'article Apelles dans le Dictionnaire de Bayle. Pline a exalté ſes talens, & il en fait l'éloge le plus complet, en diſant qu'il a ſurpaſſé tous ceux qui l'ont précédé, & qu'aucun de ceux qui viendront après lui n'égalera ſon mérite. (2)

Plin. xxxv. 10.

Il eſt aſſez vraiſemblable qu'Héſiode a fourni à ce Peintre fameux l'idée de ſa Vénus Anadyomène. Quelques-uns diſent que ce fut Campaſpe, maîtreſſe d'Alexandre, qui lui ſervit d'original: d'autres croient que ce fut la courtiſanne Phryné, c'eſt ce qu'il eſt aſſez peu important d'éclaircir. Il ſuffit de croire

Plin. Ibid.

Athen. lib. XIII. c. 6.

(1) Le frontiſpice de cet ouvrage repréſente la Vénus du Titien.

(2) Verum omnes prius genitos, futuroſque poſtea ſuperavit Apelles.

qu'après avoir puisé la premiere idée de son sujet dans le Poëte Grec, Apelles aura choisi le plus beau modèle qu'il aura pu trouver, & qu'il aura profité d'une disposition convenable pour représenter la Déesse dans le moment qu'elle sort de la mer,
Ibid. p. 449. ce qui est, selon M. de Caylus, le plus grand exemple de graces produites par la justesse & la simplicité, que l'on ne retrouve guères que dans les ouvrages des Grecs.

C'est une question de savoir si Apelles a fait deux Vénus, dont la première, si belle & si parfaite, auroit été placée ensuite par Auguste dans le temple de César; & la seconde, commencée pour les habitans de l'isle de Cos, & restée imparfaite par la mort de l'Auteur, n'auroit été achevée par aucun Artiste. Pline est presque le seul qui puisse donner sur cela des
Lib. XXXV. c. 10. éclaircissemens, voici ce qu'il dit: *Venerem exeuntem à mari Divus Augustus dicavit in delubro patris Cæsaris, quæ Anadyomene vocatur, versibus Græcis tali opere (non) victo, sed illustrato. Hujus inferiorem partem corruptam qui reficeret, non potuit reperiri. Verùm ipsa injuria cessit in gloriam artificis. Consenuit hæc tabula carie: aliamque pro eâ Nero principatu substituit suo Dorothei manu. Apelles inchoaverat aliam Venerem Cois, superaturus etiam suam illam priorem. Invidit mors peractâ parte: nec qui succederet operi ad præscripta lineamenta inventus est.* On croit voir deux tableaux indiqués dans ce passage, d'après lequel plusieurs Auteurs ont distingué la célèbre Vénus Anadyomène, peinte par Apelles, d'une autre Vénus du même Auteur commencée pour les habitans de l'isle de Cos.

Mais il faut observer 1°. que la belle Vénus Anadyomène avoit été faite pour les habitans de cette isle, puisque ce fut d'eux qu'Auguste l'acheta cent talens, suivant le témoignage
Lib. XIV. p. 657. de Strabon. 2°. Cicéron, contre Verrès, assurant que l'on ne
Cicer. in Verr. lib. 4. c. 60. trouveroit aucune ville d'Asie ou de Grèce qui voulût céder

pour de l'argent des ſtatues ou des tableaux, fait l'énumération des chefs-d'œuvres de l'art que quelques-unes poſſédoient; & il nomme la Vénus des Rhégiens, l'Europe des Tarentins, le Satyre que l'on admiroit chez ces mêmes peuples, le Cupidon des Theſpiens, la Vénus de marbre des Cnidiens, le tableau de la même Déeſſe chez les habitans de l'iſle de Cos. (1) 3°. Ovide avoit ſans doute intention de parler du beau tableau d'Apelles en ces vers:

> *Si nunquam Venerem Cois pinxiſſet Apelles;*
> *Merſa ſub æquoreis illa lateret aquis.*

De art. Am. Lib. III. v. 401.

Nous n'ignorons pas que certains critiques n'admettent point la leçon *Cois*, & qu'ils y ſubſtituent celle de *Cous*, qui ſe rapporte au Peintre; mais cela ne change rien au ſens. 4°. Si c'eût été le ſentiment commun, que le ſecond tableau d'Apelles ſuppoſé, dût être ſi ſupérieur au premier, Properce en parlant de celui-ci n'auroit pas dit: *In Veneris tabulâ ſummam ſibi ponit Apelles*, ce qui exclut tous ſes autres ouvrages. Il pourroit donc ſe faire que Pline eût multiplié les êtres ſans néceſſité, comme le penſe Bayle, & ce qui aura donné lieu à cette mépriſe, c'eſt que la Vénus Anadyomène n'étoit repréſentée qu'à mi-corps, ſelon une des épigrammes de l'Anthologie, elle n'étoit donc cenſée dans un état de perfection qu'à l'égard de la partie ſupérieure.

Lib. III. Eleg. 9.

Articl. Apelles.

Les différens textes des Auteurs concourent à fixer la manière dont la Vénus Anadyomène doit être repréſentée d'après la deſcription d'Héſiode & le tableau d'Apelles, c'eſt-à-dire, ſortant nue de l'écume de la mer, & preſſant ſes cheveux avec ſes mains, comme pour en faire découler l'eau.

C'eſt donc ſans raiſon que Gori a publié pour une Vénus

(1) Quid ut pictam Coos?

Anadyomène cette belle ſtatue qui fait l'honneur du cabinet de Florence; ſes cheveux ſont arrangés avec trop d'art & de graces pour une femme que l'on ſuppoſeroit ſortir de l'eau.

Muſ. Florent. Stat. Tab. XXVI.

Nous ne pouvons nous refuſer au deſir de placer ici la deſcription qu'en fait un Auteur qui l'avoit vue, & qui étoit ſi capable d'en juger. » Vénus eſt plus ſouvent repréſentée, » dit-il, que les autres Déeſſes, & ſous des âges plus différens. » La Vénus de Médicis à Florence reſſemble à une roſe qui » s'épanouit doucement au lever du Soleil. Elle ſemble quit- » ter cet âge qui eſt rude & âpre comme les fruits avant leur » maturité, c'eſt ce qu'indique ſon ſein qui a déjà plus d'é- » tendue & de plénitude que celui d'une jeune fille. En la » voyant je me repréſente cette Laïs qu'Apelles initioit aux » myſtères de l'Amour, & je me l'imagine telle quelle étoit » pour la première fois aux yeux de l'Artiſte. Telle eſt en- » core la Vénus du Capitole, mieux conſervée que toutes les » autres, puiſqu'il ne lui manque que quelques doigts, ſans » aucun autre endommagement. Telles ſont auſſi celle de la » ville Albani, & celle de Menophantus, copiée d'après celle » de Troas: la dernière a pourtant cette particularité, que la » main droite eſt plus près du ſein, le plus grand doigt en » touchant le milieu; la main gauche ſoutient un vêtement. » Mais celles-ci ſont repréſentées plus grandes & d'un âge plus » mûr que la Vénus de Médicis.

Winckelman Hiſt. de l'Art, tom. 1. p. 279.

Cette ſtatue admirable n'a d'autre attribut que la beauté, (1) car les Génies qui ſe jouent ſur un Dauphin poſé derriere la

(1) On peut lui faire l'application d'un paſſage de Plaute (In Epidico, Act. V. Scen. 1.) *ab unguiculo ad capillum ſummum eſt feſtiviſſima.*
Il ſemble auſſi qu'Ovide y faſſe alluſion:

Ipſâ Venus pubem, quoties Velamina ponit,
Protegitur lævâ ſemireducta manu. De Art. Amand. Lib. 2.

Statue

Statue y ſont plutôt placés comme ornement & pour faire grouppe, que comme attribut; & dans la comparaiſon que l'on fait de cet acceſſoire avec la figure à laquelle il eſt joint, on ne ſauroit reconnoître la même main. Quoiqu'il ſoit très-poſſible, & que nous ſoyons même perſuadés que cette fameuſe Statue repréſentoit Vénus, c'eſt ici néanmoins le lieu de s'élever contre l'abus dans lequel on tombe très-ſouvent en prenant de ſimples femmes nues pour des Vénus.

On ne voit pas non plus pourquoi la pierre gravée dans le même recueil feroit une Vénus Anadyomène, comme l'aſſure Gori. En effet, quoique la femme qui y eſt repréſentée tienne un gouvernail de la main droite, ce qui ſemble ſignifier l'empire de la mer, & qu'elle ait devant elle un Cupidon qui lui ſoutient le pied, autre trait de convenance avec Vénus; néanmoins la figure principale étant ſur un plan & adoſſée à un arbre, & le Cupidon lui-même ayant un genou en terre, nous penſons que le Graveur n'auroit point atteint le but en ſe propoſant de faire une Vénus Anadyomène. Les cheveux d'une telle Vénus ne doivent pas être ſi élégamment arrangés, il faut qu'ils paroiſſent mouillés, ainſi que nous en avons cité tant d'exemples, & elle doit y porter les deux mains comme pour en exprimer l'écume & les ſécher; telle par exemple que celle qui ſe voit ſur une pierre gravée au tome premier du Cabinet du Grand-Duc, & ſur tant d'autres monumens.

Tom. 2. des Pierr. gravées, planche 27. n°. 2.

Pl. 41.

Comme la première idée que les Anciens aient eue ſur la divinité de Vénus eſt celle qui la fait naître de la mer; auſſi eſt-il vraiſemblable que la première forme ſous laquelle on l'a repréſentée chez les Grecs, eſt celle de l'inſtant où elle ſort de cet élément. Nous parlons du temps où l'art de la Sculpture & de la Peinture avoit déjà fait des progrès; car nous verrons bientôt que la Vénus de Paphos étoit bien différente, quoique peut-

Corinthiac. être la plus ancienne. Pausanias dit qu'à Corinthe, dans le temple de Neptune, la figure de Vénus sortant de l'eau étoit sculptée sur l'un des côtés de la base qui soutenoit le chariot de ce Dieu. Or, ce temple & ce chariot étoient des plus vieux monumens de la Grèce. Selon le même Auteur, on la voyoit I. Eliac. cap. XI. aussi représentée de cette sorte sur la base du trône de Jupiter Olympien.

Ce qui vient d'être exposé justifie suffisamment la dénomination & l'étymologie du mot Ἀφροδίτη, quoiqu'Euripide (1) & Aristote (2) semblent en indiquer une différente.

Suivant la description que fait Hésiode de la naissance de Vénus, l'écume dont la Déesse fut formée s'approcha d'abord de Cythère. Soit que le nom de cette isle ait de l'analogie avec des effets que l'on attribue à Vénus (3), soit que le culte de la Déesse y ait été fondé plutôt que dans un autre pays, les Poëtes en admettant cette tradition ont moins cherché à la discuter & à l'éclaircir, qu'à la présenter avec grace. On en voit un exemple dans Ovide, où Didon reprochant à Enée sa Dido Æn. v. 57. perfidie, s'exprime ainsi :

Nec violasse fidem tentantibus æquora prodest,
Perfidiæ pœnas exigit ille locus ;
Præcipuè cum læsus Amor : quia mater Amoris
Nuda Cytheriacis edita fertur aquis.

---

(1) Euripide le dérive d'Ἀφροσύνη, parce que, dit-il, ceux qui éprouvent les effets de l'Amour sont comme insensés.

(2) Aristote, à la vérité, fait venir ce nom d'Ἀφρὸς, écume, mais la raison qu'il en donne, c'est que la nature de la semence est d'être écumeuse.

(3) Voyez les étymologies que donnent de ce nom Phurnutus, édition de Gale, page 63, Gyraldi dans son Histoire des Dieux, & Alciat dans ses Emblémes.

Et ailleurs le même Poëte se plaint en ces termes, de la violence des feux qu'il ressent:

> *Sim licet infamis: dum me moderatius urat*
> *Quæ Paphon, & fluctu pulsa Cythera tenet.* Amor. lib. II. Eleg. 17. v. 2.

L'épithète de *Cythéréenne* paroissoit si propre à la désigner, qu'elle est souvent employée seule sans le nom de Vénus. (1) Sur des médailles de Cythère, publiées par Goltzius, on voit la Déesse nue tenant une pomme & armée d'un arc, ce qui s'accorde assez bien avec le témoignage de Pausanias, qui dit (Lacon. edit. Kuhn. p. 269.) qu'à Cythère il y avoit un temple de Vénus Uranie, l'un des plus anciens de la Grèce, dans lequel la statue étoit représentée armée. L'Auteur des Recherches Philosophiques sur les (Tom. I. p. 131.) Egyptiens & les Chinois dit, que la Vénus Cythéréenne étoit la Nepthis de l'Egypte, ou la femme de Typhon; mais ce savant auroit dû entrer dans quelques détails pour prouver cette assertion: il ajoute, que la Dorade lui étoit consacrée chez les Grecs; nous l'apprenons, en effet, d'Athénée, qui fait mention d'un autre petit poisson nommé Ἀφύη, fort agréable à la Déesse. (Lib. VII. p. 328. & p. 325.)

Hésiode, après avoir fait aborder Vénus à l'isle de Cythère, ajoute, que de-là poussée par les flots, elle fut portée sur la (Hymn. in Del. v. 21.) côte de Cypre; & Callimaque se servant d'une périphrase pour désigner ce pays dit, que c'est l'isle où Vénus fut reçue en sortant de l'eau pour la première fois. (2) Cela pourroit

---

(1) Ἐϋστεφάνε Κυθερείης.
Homer. Hymn. IV. v. 6.

Κυπρογενέα Κυθέρειαν ἀείσομαι.
Ibid. Hymn. IX. v. 1.

Oscula libavit natæ: dehinc talia fatur:
Parce metu Cytherea. Æneid. I. v. 260.

Nec bis cincta Diana placet, nec nuda Cythere.
Auson. Epigram. 39.

Et le même, Epigr. 57. 100. Idyll. 332 & 357.

(2) Καὶ ἐν ἐστήξατο Κύπρις
Ἐξ ὕδατος τὰ πρῶτα.

s'expliquer, en disant que son culte passa d'une isle à l'autre: mais comme il fut établi apparemment dans la dernière avec plus de pompe, & d'une manière plus spéciale, on aura pu dire qu'elle y étoit née.

Hésiode & Homere le marquent formellement en la nommant Κυπρογένεια ou Κυπρογενής, épithéte que l'on peut très-bien comparer à celle de Κρηταγενής donnée à Jupiter, comme un monument de sa naissance dans l'isle de Crete. Celles de Κύπρις & de *Cypria* dont se sont servi les mêmes Poëtes, & plusieurs autres, dérivent de la première, & elles ont à peu-près une acception semblable.

Médaille de Tite Æ. I.

Callimaque, Anacréon, &c.

III. Saturn. cap. 8.

On lit dans Macrobe que la statue de Vénus en Cypre la représentoit avec des habits de femme, mais de la taille d'homme & ayant de la barbe, ce qui faisoit croire, dit-il, qu'elle avoit les deux sexes. C'est le seul Auteur qui fasse la description de la statue de Vénus Cyprienne. Elle est bien différente en apparence de la Vénus Anadyomène; & l'on voit ici une gradation d'idées dans la seconde manière de représenter la Déesse avec les deux sexes, pour marquer sans doute l'influence qu'elle avoit sur la génération, ce dont nous verrons bientôt des exemples, & ce qui est conforme aux opinions des Anciens sur l'élément dont ils supposoient que Vénus avoit été formée. Les Cypriens vendoient vraisemblablement aux étrangers & aux voyageurs que la dévotion conduisoit chez eux, de petites statues, copies de la principale qu'ils honoroient; car Athénée parle d'une, qui ayant été achetée par un voyageur, fit un miracle en faveur de cet homme & de tous ceux qui étoient dans son vaisseau.

Lib. 15. p. 676.

En fait de Mythologie, il ne faut pas trop ajouter foi aux Écrivains Ecclésiastiques. Leurs récits sont presque toujours infidelles & outrés, parce que n'ayant pas une connoissance aſſez profonde de l'Antiquité, ils manquent néceſſairement de critique; ou parce qu'ayant à parler d'une Religion autre que la leur, ils ſe laiſſent emporter à l'excès de leur zèle. Y a-t-il en effet quelque raiſon à dire que Vénus étant née en Cypre, elle y exerça la profeſſion de Courtiſanne qu'elle avoit inſtituée; que les filles de l'iſle à ſon exemple continuoient ce commerce indécent, & que l'argent qu'elles en retiroient étoit réſervé pour leur dot; que dans les fêtes & les myſtères que l'on célébroit en l'honneur de la Déeſſe, on commettoit mille infamies; que Pygmalion, Roi de Cypre, aveuglé par ſa paſſion avoit violé la ſtatue; qu'enfin Vénus n'étoit autre choſe qu'une femme qui ſervoit aux plaiſirs de Cinyre, autre Roi de Cypre, & qu'en étant devenu éperduement amoureux, il la fit mettre au nombre des Dieux? Voilà cependant ce que Clément d'Alexandrie, Arnobe, Lactance, Firmicus & leurs imitateurs, auſſi peu inſtruits qu'eux, n'ont pas héſité de publier. C'eſt ainſi que mal à propos on a voulu réaliſer des chimères; & c'eſt ce qui arrivera toujours à ceux qui ſeront incapables d'un examen ſérieux, ou qui n'auront pas le courage de remonter aux ſources. Conſultons plutôt les Anciens qui devoient mieux connoître la tradition de leur pays, & voyons ce qu'ils nous ont tranſmis du culte de Vénus à Cypre.

Il paroît que Cinyre eſt l'auteur de ce culte, ſuivant un paſſage d'Apollodore, un autre du Scholiaſte de Pindare ſur la ſeconde Pythique, (1) par une gloſe d'Heſychius, au mot Κινυράδαι, (2) qui eſt le nom des Prêtreſſes de Vénus fondées par Cinyre, & ſelon une explication donnée par Hygin. Les origines ſont toujours obſcures, c'eſt pourquoi il peut ſe préſenter ici des difficultés, pour ne pas dire des contradictions.

Apoll. lib. 3.

Fabl. CLXX.

(1) Ὁ δὲ Κινύρας οὗτος ἐστὶν, ἀφ' οὗ οἱ ἐν Κύπρῳ Κινυράδαι τῇ Θεᾷ ἀνιέρωντο.
(2) Κινυράδαι, ἱερεῖς Ἀφροδίτης.

Arcad. p. 607. Si l'on en croit Pausanias, Agapenor conduisit une colonie à Paphos, & il y fit bâtir un temple à Vénus, dont le culte, auparavant, étoit établi chez les Cypriens dans un petit village nommé *Golgi*, dont en effet il est parlé dans Théocrite & dans Catulle, comme étant sous la protection de la Déesse. Quel moyen de concilier ce sentiment avec celui des Auteurs qui disent que ce fut à Paphos que Cinyre établit le culte de Vénus, si l'on ne distingue avec Strabon & Mela (1) deux villes de Paphos, l'une ancienne, & l'autre nouvelle ? Que dira-t-on ensuite de la description faite par Macrobe de la statue de Vénus Cyprienne comparée avec l'effigie de cette Déesse conservée sur les monumens de Paphos ? Il faudra nécessairement convenir, ou que Macrobe s'est trompé, ou que cette statue n'a pas toujours été représentée de la même manière ; mais soit qu'elle ait été figurée avec les deux sexes, soit qu'elle l'ait été seulement comme une borne, on ne conçoit pas aisément comment Pygmalion l'auroit violée. Au reste, quelle que puisse être la cause du culte de Vénus en Cypre, il falloit que cela tînt à des circonstances qui fissent beaucoup de sensation, puisqu'elles donnèrent lieu à la fiction de sa naissance dans ce pays, & quelque part que ce culte fût établi, il ne dut pas tarder à être admis dans toute l'étendue de l'isle.

(Théocrite, Idyll. 15. Catull. XXXVI. 14. & LXIV. 96. — Strab. lib. XIV. p. 683.)

Il est bien sûr que Paphos, une de ses principales villes, a donné des marques de sa piété à cet égard : on en peut juger par les monumens qui nous en restent, par l'Oracle que nous savons y avoir été fondé, par le témoignage des Poëtes & des Historiens. Pline parle de son temple, où l'on voyoit un autel sur lequel la pluie ne tomboit jamais, quoiqu'il fût à découvert.

(Lib. II. 96.)

(1) Et quo primum ex mari Venerem egressam accolæ affirmant, Palæpaphos. *Mela.* II. 17.

Apulée (1) nomme par préférence la ville de Paphos pour exemple du culte ſingulier que l'on y rendoit à Vénus. La deſcription la plus complette que nous ayons de Vénus Paphienne ſe trouve dans Tacite. (2) Selon cet Hiſtorien le temple de la Déeſſe étoit en ſi grande réputation chez les étrangers, que l'Empereur Tite fit un voyage exprès pour le voir. Il étoit défendu de répandre ſur l'autel le ſang d'aucunes victimes; on ſe contentoit d'y allumer du feu, qui ſervoit ſans doute à brûler de l'encens, comme Virgile le fait entendre, (3) & l'on y faiſoit des prieres. La figure de la Déeſſe, ajoute l'Hiſtorien, a la forme d'un cône, & s'éleve comme une borne, ſingularité, dit-il, dont la raiſon n'eſt point connue.

Il eſt étonnant que Tacite n'ait pas ſoupçonné que cette forme groſſiere étoit un indice certain d'un culte fort ancien; & que dans ces temps reculés les hommes ignorant encore le deſſin, & conſéquemment l'art de la Sculpture, n'avoient d'autres moyens de repréſenter leurs Divinités que par un ſigne

(1) Seu tu Cæleſtis Venus, quæ nunc circumfluo Paphi ſacrario coleris. *Apul. Metam.* XI.

(2) Conditorem templi regem Aeriam vetus memoria; quidam ipſius Deæ nomen id perhibent. Fama recentior tradit, à Cynira ſacratum templum, Deamque ipſam conceptam mari, huc appulſam. Sed ſcientiam artemque haruſpicum accitam, & Cilicem Thamiram intuliſſe. Atque ità pactum, ut familiæ utriuſque poſteri cærimoniis præſiderent. Mox, ne honore nullo regium genus peregrinam ſtirpem antecelleret, ipsâ quam intulerant, ſcientiâ hoſpites ceſſere: tantùm Cynirades ſacerdos conſulitur. Hoſtiæ, ut quiſque vovit; ſed mares deliguntur. Certiſſima fides hædorum fibris. Sanguinem aræ obfundere vetitum: precibus & igne puro altaria adolentur, nec ullis imbribus quamquam in aperto, madeſcunt. Simulacrum Deæ non effigie humana: continuus orbis latiore initio tenuem in ambitum, metæ modo exſurgens & ratio in obſcuro. *Tacit. Hiſt.* II. 3.

(3) *Ipſa Paphum ſublimis abit, ſedeſque reviſit*
Læta ſuas; ubi templum illi, centumque Sabæo
Ture calent aræ, ſertiſque recentibus halant.

de convention, qui n'étoit souvent qu'une masse informe, ou des pierres quarrées, comme faisoient les Arabes (1) & les Amazones. (2) Telles étoient la Junon à Thespie (3) & la Diane à Icare. La Diane *Patroa* (4) & le Jupiter *Milichius* à Corinthe n'étoient qu'une espèce de colonne. Le Jupiter *Casius* en Syrie étoit figuré par un rocher, (5) ainsi que la Mère des Dieux à Pessinunte. (6) Bacchus fut aussi honoré sous la figure d'une colonne; (7) l'Amour même (8) & les Graces (9) furent représentés par des pierres. A Sparte, Castor & Pollux avoient la figure de deux morceaux de bois parallèles, liés par deux autres morceaux en travers, (10) & cette figure très-ancienne ♊ est encore celle qui désigne les Gémeaux dans le Zodiaque. (11) La description que donne Maxime de Tyr (12) de la Vénus Paphienne est assez conforme à celle de Tacite. Il n'y a pas d'apparence que cette figure singulière représente un nombril, comme l'assure Tristan, (13) ou que ce soit un *Phallus*, symbole de fécondité, ainsi que l'avance M. l'Abbé Brotier. (14) Il seroit inutile de soupçonner du mystère dans ces monumens

(1) Maxim. Tyr. Dissert. VIII. §. 8.
Clem. Alexandr. Coh. ad gentes, cap. 18.
(2) Apollon. Argon. lib. II. v. 1176.
(3) Pausan. lib. VII. p. 579. Conf. lib. VIII. p. 665.
(4) Id. lib. II. p. 132.
(5) Vaillant. Numis. Select. p. 46.
(6) Liv. XXXIX. 8.
(7) Conf. Schwarz. Miscell. polit. humanit. p. 67.
(8) Pausan. lib. IX.
(9) Id. ibid.
(10) Plutarch. de Amore fratern. init.
(11) Palmer. Grentemesnil. exercit. in auct. Græc. p. 223.
(12) Dissert. XXXVIII.
(13) Tom. I. p. 420.
(14) Notes sur Tacite, tome III. p. 407.

grossiers

groſſiers, qui ne ſont autre choſe que la production de l'ignorance.

Les Éditeurs des Antiquités trouvées à Herculanum ont publié un tableau repréſentant une pyramide arrondie, placée au milieu d'une eſpèce de niche formée par des colonnes, au-deſſus deſquelles eſt un entablement couronné par des boules ou vaſes : le reſte du tableau eſt orné de plantes, de différentes figures d'hommes & d'animaux. L'érudition qu'ils ont prodiguée ſur Vénus Paphienne, qu'ils croient être figurée dans ce monument, ne prouve point du tout ce qu'ils avancent ; & ils auroient dû la ménager avec plus d'ordre. D'ailleurs cette borne ou pyramide aſſez élégante, poſée ſur un piédeſtal, n'eſt point conforme au récit de Tacite, & ne reſſemble point à la figure qui ſe voit ſur les médailles de Paphos.

La ſuperſtition qui attachoit les peuples à cet uſage religieux l'emporta ſur le talent qui auroit pu le modifier avec avantage. Malgré les progrès de l'art, cette forme bizarre fut employée encore long-temps après, du moins ſur les médailles, puiſque l'on en connoît de Veſpaſien, de Tite & de Trajan, frappées en Cypre, qui ont cette figure pyramidale. (1) Suétone fait

Vaillant Colon. p. 20, 21, & 28.

In Tit. cap. 3.

(1) Goltzius a cependant publié une médaille de Paphos, qui a d'un côté une tête de Vénus, & de l'autre un Cupidon armé d'un arc ; il reſte à ſavoir ſi elle eſt antique.

mention de l'Oracle de Vénus Paphienne. Le culte de cette Déesse s'étendit dans des pays assez éloignés, comme il est prouvé par des médailles de *Chalcis* & d'*Ælia Capitolina*.

Rec. des med. de Peupl. & de Vill. tom. 2. pl. 80. n°. 76. & tom. 3. pl. 135. n°. 9. Vaillant Num. Græc. p. 139. 145. 155.

La légende ΠΑΦΙΗ ϹΑΡΔΙΑΝΩΝ, qui est sur plusieurs médailles, fait voir qu'il fut aussi admis dans la ville de Sardes. On lit dans Pausanias, que les habitans de l'isle de Paphos empruntèrent ce culte des Assyriens, les premiers qui aient honoré Vénus Céleste; qu'ils le transmirent aux Phéniciens d'Ascalon, & que ceux-ci le communiquèrent aux habitans de Cythère. Nous ne discuterons point ce récit, qui n'est pas fort lumineux, parce qu'il n'est peut-être pas assez fidèle; il n'est point question ici de Vénus Céleste; nous verrons dans la suite de cet Ouvrage ce qui la concerne, mais il faut se garder de confondre les idées, & de mêler ainsi les différentes religions. Nous n'avons à examiner que ce qui a rapport à celle des Grecs & des Romains, quoique nous ne soyons cependant point éloignés de parler des opinions des autres peuples sur Vénus, quand les circonstances paroîtront l'exiger. Les instructions nous manquent sur les cérémonies qui se pratiquoient dans les fêtes de Vénus en Cypre & à Paphos: Strabon nous apprend seulement qu'elles étoient célébrées par un grand concours de peuples qui se rassembloient des autres villes, & que cette pompe solemnelle partoit de la nouvelle ville de Paphos pour l'ancienne. Le Directeur de ces fêtes étoit appellé Ἀγήτωρ, nom de sa charge; il devoit être choisi parmi les descendans de Cinyre, qui avoit réuni en sa personne le Sacerdoce & la Royauté. C'est pourquoi Caton crut faire des offres très-avantageuses au Roi Ptolémée, en lui faisant dire que s'il vouloit céder l'isle, le Peuple Romain le feroit Prêtre de Vénus.

Lib. XIV. p. 683.

Hesychius.

Plutarch. in Caton.

Les autres lieux de l'isle de Cypre, remarquables par leur vénération pour la Déesse, sont la ville d'*Idalium* & celle d'Amathonte (1) d'où elle a tiré les surnoms d'*Idalia* & d'*Amathusia*. On voit, dans Goltzius, une tête de Vénus sur une médaille qui a pour légende ΙΔΑΛΕΩΝ. C'est donc avec raison qu'Horace nomme Vénus *Diva potens Cypri*, & que les Grecs l'ont désignée par la périphrase κρατȣσα Κύπρȣ. Elle étoit la Divinité tutélaire & principale de toute l'isle, qui vraisemblablement est le premier pays de la Grèce où elle ait été honorée. Mais pour avoir des notions exactes de ses attributs, continuons d'analyser l'idée qui lui fait tirer son origine de la mer.

C'étoit l'opinion des plus anciens Philosophes, & particulièrement de Thalès, que l'eau étoit le principe de tout, parce que la semence, source de la vie des animaux, est humide; que les plantes se desséchant si elles viennent à manquer de la séve d'où elles tirent leur nourriture, c'est un indice que l'humidité est le principe de leur végétation; qu'enfin le feu même du Soleil & des Astres, & par conséquent le monde entier, étoit entretenu par les exhalaisons de l'eau, ce qui a fait dire à Homere que l'Océan étoit le prin-

Aristot. 1. I. Physic. c. 6.

Plutarch. Placit. Philosop. 1. 3.

Cicero in Lucullo.

Idem. lib. 1. de Nat. Deor.

Stob. Ecl. Phys. 1. 13.

Iliad. XIV. v. 201.

(1) *Quæque regis Golgos, quæque Idalium frondosam.* Catull.

Est Amathus, est celsa mihi Paphos atque Cythera
Idaliæque domus. Virgil.

Tunc vicina astris Erycino in vertice sedes
Fundatur Veneri Idaliæ. Æneid. v. 759.

Nam mihi quam dederit duplex Amathuntia curam.
Catull. XLVIII. 51.

Nam te jactari, non est Amathusia nostra
Tam rudis. Vir. Cir. n. 242.

Capta viri forma non jam Cythereia curat
Littora: non alto repetit Paphon æquore cinctam,
Piscosamque Cnidon, gravidamque Amathunta metallis.
Ovid. Metam. X.

Voyez aussi Pline (lib. v. cap. 35.)

cipe de tous les êtres. Son imagination étoit trop riche pour s'arrêter à cette idée ; & ſi dans ce vers on reconnoît le Philoſophe qui préſente une opinion ſur le ſyſtême du monde, on retrouve bientôt le Poëte, qui par de ſéduiſantes fictions crée des Dieux que le vulgaire fut aſſez ſtupide pour adorer comme des êtres réels. Le ſentiment par lequel on ſuppoſe l'eau principe de tout, joint au beſoin d'inventer des Dieux, dut fournir aux Poëtes une ample matière ; & il étoit bien naturel qu'en perſonnifiant la Déeſſe que l'on vouloit faire ſervir à exprimer cette idée, on en fît la mère de tous les êtres & une beauté parfaite. Telle eſt donc l'origine de la Divinité de Vénus. Les Poëtes, dit Plutarque, ont feint que Vénus tiroit ſon origine de la mer, & que le ſel étoit le principe de ſon exiſtence ; pour faire paſſer ſous cette allégorie l'opinion qu'ils avoient de la vertu générative du ſel ; en effet, ajoute-t-il, les Dieux marins ſont très-féconds, & ils paſſent pour avoir beaucoup d'enfans. Parmi les animaux & les oiſeaux terreſtres il n'en eſt aucun non plus qui ſoit comparable aux aquatiques pour la multiplication de l'eſpèce ; & pour confirmer ce qu'il vient d'avancer, l'Auteur rapporte un vers d'Empedocle relatif à ce ſujet. (1)

Sympoſiac. lib. v. nº. x. edit. Xylandr. p. 685.

C'eſt peut-être parce que la mer eſt plus particulièrement du domaine de Vénus, que l'on a inventé la fable de ſa métamorphoſe en poiſſon, lorſque les Géans déclarèrent la guerre aux Dieux. (2) Dom Montfaucon a fait graver, d'après différens Auteurs, pluſieurs ſujets concernant Vénus Marine, que l'on peut voir dans ſon premier volume de l'Antiquité expliquée. Il ſuit de-là que la coquille doit être miſe au rang des attributs de cette Déeſſe. (3)

Planche 99.

---

(1) Φῦλον ἄμουσον ἄγουσα πολυσπερέων χαμασηνῶν.

(2) *Piſce Venus Latuit.* Ovid. Metam. liv, v. v. 331.
Vide Ovid. lib. II. Faſt. v. 461. & ſeq.
Et Manil. lib. IV. v. 577.

(3) *Et faveas concha Cypria vecta tua.* Tibull. III. 3. v. 34.

Phurnutus & d'autres Auteurs admettent ſur l'origine de Vénus le ſentiment qui vient d'être expoſé; (1) on ne ſera donc point ſurpris de la voir honorée comme la Nature elle-même, qui nourrit & vivifie tous les êtres qu'elle renferme dans ſon ſein : (2) De Venere.

Quæ quoniam rerum naturam ſola gubernas :
Nec ſine te quidquam dias in luminis oras
Exoritur ; neque fit lætum, neque amabile quicquam. Lucret. lib. 1.

Que l'on conſulte Homere (3) Euripide, (4) Eſchyle, (5)

---

(1) Il nous reſte un fragment du Poëme de Solin, intitulé *Ponticon*, dans lequel l'Auteur donne un réſultat de toute cette doctrine.

--- Venus alma fove : quæ ſemine Cœli
Parturiente ſalo, divini germinis æſtu
Spumea purpureis dum ſanguinat unda profundis
Naſceris è Pelago : placido Dea proſata mundo.
Nam quum prima foret rebus natura profundis
In fœdus connexa ſuum, ne ſtaret inerti
Machina mole vacans, tibi primum candidus æther
Aſtrigeram faciem nitidam gemmavit Olympo.
Te fæcunda ſinu tellus amplexa reſedit
Ponderibus librata ſuis : elementaque viſa
Ætherias ſervare vices : tu fœtibus auges
Cuncta ſuis. Totus pariter tibi parturit orbis.

(2) C'eſt ce qui a fait que quelques Critiques d'après Ciceron, *de Nat. Deor. l.* 2. ont dérivé le mot Vénus de *Venire*, *quòd omnia per eam veniant & oriantur*, étymologie qui ne paroît pas bien naturelle. Celle qu'en donne S. Auguſtin eſt auſſi ſenſée que tout ce qu'il a écrit ſur les Dieux dans ſon chef-d'œuvre de la *Cité de Dieu* : *quòd ſine ejus vi*, dit-il, *fæmina virgo eſſe non deſinat.*

D'autres croient que *Venus* vient du mot grec Βῆνις, en faiſant un léger changement, & ils ſe fondent particulièrement ſur ce paſſage de Suidas, Βῆνις ἱερὰ θεᾶς : ſur quoi l'on peut voir Selden *Syntagm. de Diis Syris*, p. 313-315 & 316.

(3) Hymn. IV. in Venerem.

(4) In Hyppolit.

(5) In Danaid.

Plutarch. Amator. Gruter. p. 59. Homer. Hymn. in Ven. Euripi. Hyppolit. Æſchyl. Danaid. Lucian. Dialog. Mort. & Charid. & de Imagin. Ovid. Paris Helen. Virgil. Æneid. X. v. 16. Dio. lib. 59. Athen. lib. XII. Phurnut. edit. Gal. p. 64.

l'Auteur des Hymnes attribués à Orphée, (1) Artemidore, (2) on verra qu'ils en donnent tous cette idée, qui eſt très-bien rendue par l'épithéte de Ζείδωρος que Plutarque cite d'Empedocle. Celles de παναγαθος, de χρυσῆ, d'*aurea*, de Βασίλισσα, de παναίτια & de πάνθεα qui ſe liſent dans les Auteurs ou ſur les monumens, expriment tout à la fois ſa bonté, ſa fécondité, ſa puiſſance, ſon ancienneté & ſon immenſité. Mais ſur-tout celle d'*Alma* que Lucrece lui donne au commencement de ſon Poëme ſur la Nature, lui convient très-bien ſous ces différens rapports. La ſublime invocation qu'il fait à cette Déeſſe mérite d'être comparée avec le même ſujet traité par Ovide, qui a réuni dans des vers charmans tout ce que l'on en avoit dit. (3) Ainſi les Anciens croyoient que la Monarchie de Vénus s'étendoit plus que celle d'aucune autre Divinité. Le Ciel fut le partage de Jupiter, la Mer celui de Neptune, l'Enfer celui de Pluton, mais Vénus regnoit dans ces trois mondes, elle étoit l'ame de la Nature. Cette allégorie avec celle de l'Amour eſt, ſans contredit, une des plus belles & des plus ingénieuſes qui aient été inventées. Il eſt fâcheux que dans les différentes applications que l'on en peut faire, dans la fable de

(1) Hymn. 54. Cet Auteur dit la même choſe de Cœlus, & de Jupiter ailleurs.

(2) Lib. 2. cap. 48.

(4) *Illa quidem totum digniſſima temperat orbem:*
Illa tenet nullo regna minora Deo;
Juraque dat Cœlo, terræ, natalibus undis;
Perque ſuos initus continet omne genus.
Illa Deos omnes (longum enumerare) creavit:
Illa ſatis cauſſas arboribuſque dedit:
Illa rudes animos hominum contraxit in unum
Et docuit jungi cum pare quemque ſuâ.
Quid genus omne creat volucrum, niſi blanda voluptas?
Nec coeant pecudes, ſi levis abſit Amor.

Faſt. lib. IV. v. 90 & ſeqq.

Psyché, par exemple, on ne trouve plus d'enchaînement, & qu'elle ne présente point le sens naturel que l'on desireroit y voir. Que doit-on penser de Vénus indignée contre Psyché, parce que la beauté de cette mortelle faisoit déserter ses temples & abandonner ses autels ? (1)

Après avoir généralisé les idées des Anciens par rapport à l'influence qu'ils donnoient à Vénus sur toute la Nature, il faut suivre les subdivisions qu'ils paroissent en avoir faites dans ce qui concerne le soin & le gouvernement des jardins, la propagation de l'espèce humaine, & les détails relatifs à ces objets. Plaute cité par Pline attribue à Vénus la présidence des jardins : (2) on retrouve la même opinion dans Varron (3) & Festus. (4) Selon ce dernier Grammairien, le mot de Vénus est pris figurément pour signifier des légumes, de même que celui de Cérès, pour signifier du pain, & celui de Neptune, des poissons. L'inscription trouvée dans un jardin de Rome & rapportée par Tomasin, ne prouveroit pas seule que Vénus présidât aux jardins. Un temple que l'on auroit élevé, ou une chapelle que l'on auroit bâtie dans un jardin particulier n'emporteroit pas cette idée générale, si elle n'étoit appuiée d'ailleurs par d'autres monumens. Pausanias (5) & Lucien (6) font

De Donar. Veter.

(1) En rerum naturæ prisca parens, en elementorum origo initialis, en orbis totius alma Venus, quæ cum mortali puella partiario majestatis honore tractor. *Apul. Metam. lib.* IV.

(2) Quamquam hortos tutelæ Veneris assignante Plauto. *Plin. lib.* 19. *c.* 4. Mais on ne trouve point que Plaute en ait parlé.

(3) Horti tutelæ Veneris assignantur. *Varro, lib.* 5. *de L. L. & de re Rustic. cap.* 1.

(4) Edi Neptunum, Cererem, Venerem. *Fest.* verbo *Rustica Vinalia.*

(5) Ἐν κήποις Ἀφροδίτη. Pausan. Attic. cap. 19.

(6) Lucian. de Imag. tom. 2. edit. Gesn. p. 462. Et Dialog. Meret. VII.

mention d'une Vénus des jardins, le plus parfait des ouvrages d'Alcamenes, & qui étoit une curiosité des plus remarquables d'Athènes. Ni l'un, ni l'autre n'en a fait la description ; mais l'on ne sait par quel caractère on doit juger que la femme représentée sur une pierre gravée du cabinet de Florence seroit une Vénus *Hortensis*. L'épithéte de καρποφόρος dans Sophocle, cité par Plutarque, convient donc très-bien à Vénus. Nous verrons dans la suite pourquoi le myrte, la rose, le lys & le pavot lui étoient consacrés. Mercure & Priape ayant aussi une certaine intendance sur les jardins, lui ont été donnés pour associés dans ce département.

Tom. 2. Gemm. Antiq. tab. 62. nº. VIII.

Præcept. conn.

Cincius, dans son ouvrage sur les Fastes, avoit accusé d'ignorance ceux qui pensoient que le mois d'Avril étoit consacré à Vénus, & qu'il tiroit sa dénomination de cette Déesse, parce que, selon lui, il n'y avoit aucune Fête indiquée, ni aucun sacrifice institué pour elle en ce mois : que son nom même n'étoit nullement célébré dans les Hymnes des Saliens, ainsi que celui des autres Dieux. Varron, dit Macrobe, paroît adopter ce sentiment, en disant que le nom de Vénus n'étoit pas encore connu du temps des Rois de Rome, ni en Grec, ni en Latin ; que conséquemment elle ne pouvoit avoir donné le nom au mois d'Avril ; mais que la Nature étant comme dans un engourdissement pendant l'hyver, & qu'au printemps, le ciel devenant serein, la mer étant libre pour les navigateurs, la terre enfin ouvrant son sein pour ses productions, ce changement subit faisoit croire que la Nature se ranimoit en se développant de nouveau, & que la véritable étymologie d'Avril venoit du mot *aperire*. Ce seroit une témérité que de rejetter la décision du plus savant des Romains sur une matière qui est de sa compétence ; cependant on pourroit bien admettre son étymologie, sans être de son avis pour le reste. Il seroit bien étonnant

Macrob. Saturn. I. cap. 12.

étonnant en effet que Vénus n'eût pas été connue des anciens Romains, eux qui passoient pour tirer leur origine de cette Déesse par Énée, d'où lui vient le surnom d'Αἰνειάς qu'on lit dans Denys d'Halicarnasse. Lib. 1.

Le dogme de son existence est trop bien établi dans Ciceron pour que cette croyance n'ait pas eu cours long-temps avant lui. Mais s'il s'agit d'examiner avec les yeux de la critique l'étymologie contestée par Varron; il semble qu'on peut lui opposer l'autorité d'un Romain, qui n'avoit surement pas moins de connoissances que lui dans la religion de son pays. Ovide revendique pour la Déesse l'honneur qu'on veut lui enlever d'avoir donné le nom au mois d'Avril, (1) ce qui feroit préférer le premier sentiment que Macrobe avoit proposé, (2) puis qu'il est confirmé d'ailleurs par deux autorités d'un aussi grand poids que celles d'Ovide & de Lucrece. (3) Les fêtes de Vé-

(1) *Quo non livor abit? Sunt qui tibi mensis honorem*
Eripuisse velint, invideantque, Venus.
Nam quia ver aperit tunc omnia, densaque cedit
Frigoris asperitas, fœtaque terra parit;
Aprilem memorant ab aperto tempore dictum:
Quem Venus injecta vindicat alma manu.
Fast. lib. IV. v. 85. & seqq.

(2) Secundum mensem nominavit (Romulus) Aprilem ut quidam putant cum adspiratione, quasi Aphrilem, a spuma quam Græci Afron vocant, undè orta Venus creditur: & hanc Romuli fuisse asserunt rationem, ut primum quidem mensem a patre suo Marte, secundum ab Æneæ matre Venere nominaret; & hi potissimum anni principia servarent à quibus esset Romani nominis origo. *Saturnal.* II. *cap.* 12.

(3) *Nam simul ac species patefacta est verna diei:*
Et reserata viget genitabilis aura Favoni:
Aeriæ primum volucres te Diva, tuumque
Significant initum, perculsæ corda tua vi.
Indè feræ pecudes persultant pabula læta:
Et rapidos tranant amnes: ità capta lepore,
Te sequitur cupide quò quamque inducere pergis.
Deniquè per maria ac montes, fluviosque rapaces
Frondiferasque domos avium, camposque virentes,
Omnibus incutiens blandum per pectora amorem. Lib. 1.

nus commençoient le premier jour du mois d'Avril, qui pour cela se nommoit *Mensis Veneris.* Les jeunes filles faisoient des veillées pendant trois nuits consécutives, elles se partageoient en plusieurs bandes, & l'on formoit dans chaque bande plusieurs chœurs. Le temps s'y passoit à danser & à chanter des hymnes en l'honneur de la Déesse. (1)

Au reste, quelque parti que l'on prenne à cet égard, on ne doit pas moins en reconnoître Vénus pour la cause efficiente des productions de la terre. Elle fut également regardée comme celle de la fécondité des hommes ; & c'est à cette occasion qu'elle a reçu le titre de Γενέτειρα, Γενεθυλλὶς, Γενέθλιος, ou de *Genitrix*, que l'on a cru qu'elle étoit une des Divinités qui présidoient aux nôces, & qu'on l'a confondue avec Junon.

Il ne faut pas prendre l'épithéte *Genitrix* dans un sens différent de celui qui est relatif à la fécondité, quoique l'on en ait souvent modifié l'acception pour des raisons particulières. Personne n'ignore l'histoire fabuleuse des amours de Vénus & d'Anchise ; elle étoit si accréditée chez les Romains, que l'on voit ce sujet sur des monumens. La médaille de César qui porte au revers le nom de L. BVCA, représente le rendez-vous des deux Amans au pied du mont Ida.

Apollodor. I. 3. p. 106. Æneid. I. v. 621. & III. v. 475. Bochart. de Æneæ adventu in Ital. Mediobarb. in Jul. Fulv. Ursin. p. 11. Tristan, tom. I. p. 22.

(1) Sed cum sol emersit ab inferioribus partibus terræ, Vernalisque æquinoctii transgreditur fines augendo diem : tunc est & Venus læta & pulcra virent arva segetibus, prata herbis, arbores foliis ; ideò majores nostri Aprilem mensem Veneri dicaverunt. *Macrob. Saturn. I. cap. 21.*

Une autre de *Julia Domna*, bien remarquable & frappée dans la ville d'*Ilium*, les repréſente l'un & l'autre avec leurs noms.

Rec. de Med. de Peupl. & de Vill. tom. III. pl. CXXXIV. n°. 7.

Cette fable, que nous ne prétendons point expliquer, & dont on voit dans Homere une peinture ſi intéreſſante, a fait ſurnommer cette Déeſſe *Genitrix*, (1) à cauſe d'Énée, de qui les Romains tiroient vanité de deſcendre. Quelques-uns lui ont donné le titre de *Romaine*. Jules Céſar affectoit d'avoir pour elle une vénération ſingulière, ce qui fait que la tête de Vénus eſt ſi ſouvent répétée ſur les médailles de cet Empereur. Avant la bataille de Pharſale il lui voua un temple, qu'il fit élever enſuite en lui dédiant les dépouilles des ennemis : il inſtitua en ſon honneur des ſpectacles & des jeux que Dion remarque avoir été célébrés ſous Auguſte. Ce magnifique édifice que Céſar lui éleva étoit dans le huitième quartier ; & la place nommée *Forum Cæſaris*, qui étoit elle-même ſuperbement ornée, lui ſervoit comme de parvis.

Prud. in Symmach.
Triſtan. t. I. p. 16 & 23.
Oiſel. Tab. XLIV. &c.
Dio. lib. XLIII. cap. 22.
Appian. Civil. lib. 3. p. 544.
Lib. XLIX. cap. 42.
P. Victor.

(1) *Æneadum Genitrix*. Lucret. lib. 1.
Arma rogo Genitrix nato. Æneid. VIII. v. 338.
--- Veneriſque ab origine proles
Julia deſcendit cælo, cælumque replevit. Manil. I. v. 796.
Cumque hodiè in ſacris Martem patrem, Venerem Genitricem vocemus. *Macrob. Sat.* I. 12.

Une autre acception de l'épithéte *Genitrix*, (1) est celle qui est employée sur plusieurs médailles d'Impératrices, qui ont pour légende VENVS GENITRIX & VENERI GENETRICI. Elle fait ordinairement allusion à la fécondité de l'Impératrice ; ou bien c'est l'expression des vœux que l'on formoit pour obtenir cette fécondité ; mais il est à remarquer que les figures représentées sur ces médailles ne sont pas toujours analogues à la légende. Tantôt c'est une femme qui tient de la droite une petite statue, portant de la gauche une haste, & ayant un enfant à ses pieds. Sur d'autres, elle tient une victoire, & elle s'appuie sur un bouclier. Sur plusieurs, elle paroît tenant un globe ou la pomme d'une main, & s'appuiant de l'autre sur une haste. C'étoit un excès de flatterie de la part des peuples qui représentoient souvent les Empereurs & les Impératrices sous la figure de Divinités, comme il y en a tant d'exemples. On voit dans le Cabinet du Grand-Duc une statue que Gori a publiée sous le nom de *Venus Genitrix*, & que nous nous contentons d'indiquer.

Vaillant in Salonin. Sabin. Jul. Paul. Salonin. &c.

Stat. Tab. XXXII. p. 39.

Les Romains qui avoient ainsi restreint la dénomination de *Genitrix*, y attachérent aussi le même sens que les Grecs, c'est-à-dire, qu'ils donnérent cet attribut à Vénus pour exprimer son influence sur la propagation de l'espèce humaine, & en la considérant, ainsi que ces peuples, comme une des Divinités qui président aux nôces. On trouve cette doctrine établie dans Homere, dans Plutarque & d'autres Écrivains. Les Grecs adressoient des vœux à Junon, à Vénus & aux Graces pour obtenir des enfans. Dans la ville d'Hermione les filles & les veuves faisoient des sacrifices à

Iliad. V. v. 430. Odyss. l. 20.
Plut. Quæst. Rom. II.
Musæ. Leand. Hero.
Auctor Etymol.
Pausan. Corinth. p. 193.

(1) Ce titre se lit sur plusieurs inscriptions publiées par Gruter, Reinesius & Muratori.

Vénus avant leurs nôces : Perse, dans une de ses Satyres, fait allusion à la coutume des jeunes personnes du sexe qui, lorsqu'elles étoient sur le point de se marier, lui offroient leurs poupées pour se la rendre favorable. (1) Quelques Auteurs croient que Vénus considérée sous ce rapport étoit aussi surnommée *Libentina* ou *Lubentina*. Tibulle, en parlant des peines qu'endurent les criminels dans le Tartare, dit que les Danaïdes y expient le crime horrible qu'elles ont commis contre la Divinité de Vénus, pour avoir violé la foi conjugale, en égorgeant leurs époux. (2) Nous ne croyons pouvoir mieux placer qu'ici les surnoms de Νύμφη, de *Migonitis* & de *Melænis* qui lui sont donnés par Pausanias. Le premier n'a pas besoin d'explication : à l'égard du second, on prétend que sur le rivage qui est vis-à-vis de l'isle de *Cranae* en Laconie, il y avoit un temple de Vénus, que Pâris avoit fait bâtir après l'enlèvement d'Hélène, pour perpétuer les transports de sa joie & de sa reconnoissance; qu'il donna à cette Vénus l'épithéte de *Migonitis*, & nomma le territoire *Migonion* d'un mot qui signifioit l'avanture galante qui s'y étoit passée. (3) Sur cela, il faut s'en rapporter à Pausanias, ainsi que sur l'épithéte de *Melænis* qu'il dit avoir été donnée à Vénus, parce que les hommes choisissent préférablement la nuit pour les mystères amoureux, tandis que les autres animaux s'approchent de leurs femelles pendant le jour. Quoi qu'il en soit, la Déesse avoit une petite chapelle en Arcadie, & une autre en Bœotie, où elle étoit honorée sous ce titre. Vénus *Melænis*, ou la Noire, avoit aussi un temple dans

Varr. de L. L. 5. 6. Cicer. 2. de Nat. Deor. 61.

Corinth. p. 185. Lacon. p. 266. Bœot. p. 763.

Pausan. Arcad. p. 610.

(1) *Nempe hoc quod Veneri donatæ a Virgine Pupæ.* Pers. Sat. 2.

(2) *Et Danai proles, Veneris quod numina læsit*
In cava Lethæas dolia portat aquas. Lib. 1. Eleg. III. v. 79.

(3) Ce mot viendroit-il de μίγνυμι *misceo?*

Athen. lib. 13. p. 588. un fauxbourg de Corinthe ; ce fut elle qui apparut en ſonge à la Courtiſanne Laïs, pour lui annoncer l'arrivée d'amans fort riches. Sur quoi Bayle fait une aſſez plaiſante réflexion : ſi le fondement du ſurnom *Melænis*, dit-il, étoit ſolide, on ne trouveroit pas que Vénus, en tant que Noire, eût dû ſe montrer en ſonge à la jeune Laïs, qui n'étoit pas deſtinée à ſe piquer de la diſtinction des jours & des nuits. (Article Laïs.)

Quelque deſir que nous ayons d'interpréter de la manière la plus avantageuſe les ſurnoms de Vénus, nous ne pouvons cependant déguiſer que les Anciens n'aient mêlé un peu de galanterie dans le culte qu'ils lui ont rendu. L'idée qu'ils ſe formoient de cette Divinité devoit naturellement les y conduire ; & c'étoit une ſuite de la politeſſe de leurs mœurs. Selon Tibulle (1) elle exige beaucoup de diſcrétion de la part des amans ; & Ovide aſſure qu'elle veut que ſes ſacrifices ſoient couverts des voiles du myſtère. (2) Ainſi nous croyons que l'épithéte de Μυχαία & celle de Ψίθυρος qu'elle reçut en Grèce, répondent très-bien à cette idée. (3) Nous ignorons ſi c'eſt pour la même raiſon qu'on lui éleva un temple en Arcadie, où elle étoit honorée ſous le nom de Μηχανῖτις. Pauſanias dans lequel (Arcad.)

(1) *Celari vult ſua furta Venus.* Tibull. lib. 1. El. 2.

(2) *Præcipuè Cytherea jubet ſua ſacra taceri,*
Admoneo, veniat ne quis ad illa loquax.
Condita ſi non ſunt Veneris myſteria ciſtis,
Nec cava veſanis ictibus æra ſonant,
Attamen inter nos medio verſantur in uſu
Sed ſic inter nos, ut latuiſſe velint. Ovid. de art. Amand. II.

(3) Le mot Μυχαία vient de μυχὸς, *ſeceſſus, latebra, abditus locus.*

Meurſius (*Attic. quæſt.*) a fait une longue diatribe ſur l'épithéte Ψίθυρος, ſans l'expliquer en aucune manière. Mais il eſt vraiſemblable qu'elle ne peut préſenter d'autre ſens que celui qui vient d'en être donné. Mercure & Cupidon avoient auſſi le titre de Ψίθυροι. On ne peut admettre la raiſon de ceux qui diſent que Théſée avoit fait placer ces Divinités à Athènes en mémoire de l'injuſte accuſation intentée par Phèdre contre Hyppolite.

ce fait eſt conſigné, donne la deſcription de ſa ſtatue qui étoit de bois, à l'exception de la bouche, des mains & des pieds. Il nous apprend encore que c'étoit un ouvrage de Damophon, mais il n'explique point l'épithète de la Déeſſe, qui ſignifie *machiniſte*, *ingénieuſe*, & que nous hazarderons d'interpréter par celle de Δολόπλοκος dont ſe ſert Sapho, & par des vers d'Ovide, qui prouvent combien le deſir de plaire rend induſtrieux. (1) Hymn. in Ven.

L'explication vague donnée par Athénée du mot ἑταίρα, qui a été auſſi un des titres de Vénus, nous engage à le placer ici : cette explication eſt priſe d'Apollodore qui dit, qu'on avoit ainſi qualifié la Déeſſe, parce qu'elle raſſembloit les amis & les amies, qu'elle formoit leur amitié, & qu'elle cimentoit leur union. En effet, continue Athénée, les femmes honnêtes, & même les jeunes filles, appellent ἑταίρας les perſonnes avec leſquelles elles avoient une liaiſon plus particulière. Il en cite deux exemples tirés de Sapho, & il dit que l'on avoit élevé pluſieurs temples en Grèce à Vénus Ἑταίρα. Vouloit-on marquer par-là qu'elle préſidoit à l'amitié ainſi qu'à l'amour? Le même Auteur ajoute néanmoins que le mot ἑταίρα ſignifioit auſſi une maîtreſſe, une courtiſanne ; ce qui laiſſe dans l'incertitude ſur ſa véritable acception. Lib. 13. p. 571.

Comme les Anciens avoient attribué à Junon l'inſpection ſur les mariages, & qu'ils lui avoient même donné à cette occaſion pluſieurs épithètes qui en étoient un témoignage, il n'eſt pas étonnant que ſous ce rapport ils aient confondu Vénus avec cette Déeſſe, & l'on appercevra aiſément l'analogie de leurs idées, quand on ſe rappellera que Junon, ſelon eux, étoit l'air,

(1) *Mille per hanc artes notæ, ſtudioque placendi,*
Quæ latuere prius, multa reperta ferunt. Ovid. Faſt. IV.

& que Vénus étoit le principe de tous les êtres. Pauſanias eſt néanmoins le ſeul auteur qui donne un exemple de ces deux noms réunis, c'eſt lorſqu'il parle d'une ſtatue antique appellée Lacon. p. 240. par les habitans de Laconie *Vénus Junon*, ſur laquelle il n'inſiſte pas davantage.

Vénus a été miſe par les Anciens au nombre des Divinités infernales, parce qu'ils attribuoient, ſans doute, à la même Divinité ce qui concernoit la naiſſance & la mort des hommes. In Numa. C'eſt ce que fait entendre Plutarque dans ſa vie de Numa, & P. 269. mieux encore dans ſes Queſtions Romaines, où il obſerve qu'on voyoit à Delphes une ſtatue de Vénus Ἐπιτυμβία devant laquelle on faiſoit des libations pour les morts. Il eſt même très-vraiſemblable que la Déeſſe *Libitina* des Latins n'étoit autre choſe que Vénus. (1)

Toutes ces idées, déduites de la première qui a été préſentée au commencement de ce Mémoire, nous conduiſent inſenſiblement à celle qui fait de Vénus la Déeſſe de la Volupté, (2) la Reine des Graces, (3) la mère des Amours, (4) qui inſpire aux deux ſexes des deſirs réciproques (5) en leur donnant la

(1) *Effert uxores Fabius Chriſtilla maritos,*
Funereamque toris quaſſat uterque facem.
Victores committe Venus, quos iſte manebit
Exitus, una duos ut Libitina ferat. Martial. VIII. 43. 1.

(2) *--- Hominum Divûmque voluptas,* Lucret. I.

(3) Χαρίτων Βασίλεια. Coluth.

(4) *Tenerorum mater Amorum.* Ovid. Amor, lib. III. El. 15,
Mater ſæva Cupidinum, Horat. 1. Carm. Od. 19.

(5) *Sic igitur Veneris qui telis accipit ictum,*
Sive puer membris muliebribus tunc jaculatur,
Seu mulier, toto jactans è corpore amorem:
Undè feritur eò tendit, geſtitque coire,
Et jacere humorem in corpus de corpore ductum,
Namque voluptatem præſagit multa cupido.
Hæc Venus eſt nobis: hinc ductum nomen Amoris. Lucret. Lib. IV.

douce

douce, (1) & quelquefois la violente impulsion de s'unir, (2) cette Souveraine en un mot, dont la vengeance a été quelquefois si funeste à ceux qui avoient méprisé ses loix, ou qui avoient voulu se soustraire à son empire. C'est principalement à cette idée que se sont arrêtés les Poëtes quand ils ont personnifié Vénus. C'est peut-être aussi ce qui a donné lieu à la distinction d'une Vénus Pudique, & d'une autre qui ne l'étoit pas, à laquelle on imputoit les excès désordonnés de l'amour & les effets honteux du libertinage. Il ne faut pas croire qu'on l'ait pour cela surnommée Πόρνη, & que l'on en ait fait une Courtisanne, ainsi que l'ont assuré quelques Commentateurs modernes, qui avoient puisé cette opinion ridicule dans Lactance. Il est bien vrai qu'Athénée rapporte d'après Pamphile, que dans Abyde on avoit élevé un temple à Vénus sous le titre de Πόρνη, parce qu'une Courtisanne avoit adroitement délivré la ville soumise au pouvoir de l'ennemi; mais c'étoit uniquement pour perpétuer le souvenir de l'avantage procuré par une personne de cet état; & on ne peut inférer de là qu'on ait donné cette épithète à une Déesse pour indiquer qu'elle avoit institué la profession de Courtisanne, & qu'elle présidoit aux mauvais lieux. Il ne falloit donc pas se plaindre si amèrement de ce que le Législateur Solon avoit établi à Athènes le temple de Vénus *la Prostituée*, comme le célèbre Bossuet l'a fait dans son petit ouvrage sur l'Histoire Universelle.

Giraldi, Pastin, &c.

Athen. lib. 13. p. 572.

In-4°. p. 256.

Il en est de même des épithètes Ἀνόσια & Ἀνδροφόνος. Elles ne signifient point que Vénus fût impie ou homicide; elles

(1) *Omnibus incutiens blandum per pectora amorem.* Lucret. 1.

(2) *In me tota ruens Venus.* Horat.
Sic visum Veneri cui placet impares
Formas atque animos sub juga ahenea
Sævo mittere cum joco. Horat.

lui furent seulement données par une circonstance particulière. Laïs, cette Courtisanne célébre, dont les charmes avoient enflammé la Grèce, pour se servir des termes de Plutarque, étant devenue amoureuse d'un jeune Thessalien nommé *Hippolochus*, elle le suivit en Thessalie: les femmes de ce pays conçurent une si grande jalousie de sa beauté, qu'après l'avoir fait entrer de force dans le temple de Vénus, elles l'y tuérent à coups de pierres. Le Thessalien que Plutarque appelle *Hippolochus*, est nommé *Pausanias* par Athénée. Ils conviennent l'un & l'autre que le temple de Vénus dans lequel Laïs fut tuée acquit un surnom qui conserva la mémoire de ce crime: c'est, selon Plutarque, le temple de Vénus *Homicide*, 'Αφροδίτης 'Ανδροφόνε, & selon Athénée, le temple de Vénus *Profanée*, 'Ανοσίης 'Αφροδίτης. Il y a d'autres sentimens sur le genre de mort de Laïs & sur les raisons qui en furent la cause, nous sommes dispensés de les examiner ici; nous ne rapportons cet exemple que pour en faire un parallèle avec l'épithète de Πόρνη, & pour montrer qu'elle est moins une dénomination propre de la Déesse que l'indication d'un événement, qui n'a qu'un rapport fort éloigné avec elle.

In Amator. p. 767. 768.

Lib. 13. p. 589.

Quelque libertinage que l'on suppose, on ne pourra non plus imaginer que la prostitution ait jamais été consacrée par la religion, & en usage parmi tout un peuple policé, ou que des pères & des maris aïent consenti à des procédés si déshonorans, en les justifiant par l'autorité d'une Divinité qui les auroit favorisés, quoiqu'en disent Hérodote, Strabon, Justin & les Écrivains postérieurs, qui ont tâché de mettre à profit des argumens si destitués de bon sens. La seule fable des Propétides, habitantes de l'isle de Cypre, qui passent pour être les premieres qui se soient prostituées, par un effet de la colère de Vénus, seroit suffisante pour opposer à tant d'assertions hazardées ſans preuves. Comment donc un tel conte a-t-il pu s'accréditer ? C'eſt qu'un Hiſtorien crédule & trompé par de fauſſes relations, l'aura d'abord publié comme vrai ; un ſecond l'aura répété ſur la foi du premier ; un troiſième, l'ayant trouvé plaiſant, n'aura pas manqué de l'embellir : & le témoignage de pluſieurs ainſi réuni, ſera devenu une autorité pour la tourbe des compilateurs modernes, dont une partie ſavoit moins peſer les raiſons que compter les ſuffrages ; & dont l'autre, intéreſſée à donner de la vraiſemblance à de telles infamies, ſe formoit avec une maligne complaiſance cette chimère, pour avoir le mérite de la combattre.

On a donné à Vénus l'épithète de *Phyſica*, qui exprime plus honnêtement ſon action ſur les deux ſexes, ainſi que les deſirs réciproques qu'elle fait naître. C'eſt pour cela que l'on a dit qu'elle étoit mère de l'Amour ou de Cupidon, figuré par un enfant qui eſt toujours à ſa ſuite ; (1) & que l'on a formé ſon cortége des Graces qui ornent tout, & ajoutent encore à la beauté, des Nymphes qui préſentent la Volupté dans les lieux qu'elles habitent, de la Jeuneſſe, qui indique l'âge des plaiſirs, & de Mercure ; (2) ce Dieu complaiſant dont la douce élo-

Reineſ. Inſcrip. claſſ. I. XVIII.

Heſiod. Theog. v. 201.

(1) --- *Veneremque & illi*
Semper hærentem puerum canebat. Horat. 1. Carmin.

(2) Cette union de Mercure & de Vénus paroît fondée ſur ce que la beauté eſt encore plus touchante, lorſqu'elle eſt accompagnée des graces du langage & des charmes ſéduiſans du diſcours. Pluſieurs Auteurs ont accordé le don de l'éloquence à Vénus ; Héſiode n'oublie point ce talent dans l'énumération qu'il fait des agrémens qu'elle eut en partage.

Παρθενίους τ' ὀάρους, μειδήματά τ' ἐξαπάτας τε,
Τέρψιν τε γλυκερὴν, φιλότητά τε, μειλιχίην τε. Theogon. v. 205.

Lucrece, *Lib.* 1. la ſupplie de répandre ſur ſes écrits cette grace qui en fait tout le mérite :

Quo magis æternum da dictis, Diva, leporem.

Et ailleurs il invoque la Déeſſe en ces termes :

Hunc tu, Diva, tuo recubantem corpore ſancto
Circumfuſa ſuper ſuaves ex ore loquelas
Funde, petens placidam Romanis inclyta pacem.

quence fait se faire entendre au cœur ; cortége charmant qu'Horace a si heureusement réuni dans une seule stance. (1) Bacchus a été aussi associé à Vénus : il étoit convenable que la Déesse des ris & des jeux fût accompagnée d'un Dieu qui les mène à sa suite. (2) Elle en est plus agréable lorsqu'elle est unie à lui ; (3) elle ne peut même absolument se passer de son secours. (4) Et pour terminer ces ingénieuses fictions, y a-t-il rien de plus merveilleux que le *Ceste* enchanteur qu'Homere décrit comme un tissu diversifié qui réceloit tous les charmes ? (5) Quelle Déesse ou quelle mortelle auroit osé impunément lui disputer le prix de la beauté ? La Pomme que Pâris lui donna, comme à la plus belle, éternise la victoire qu'elle remporta sur Junon & Pallas. Elle sut vaincre le Dieu

Iliad. lib. XIV. v. 214.

(1) *Fervidus tecum puer, & solutis*
Gratiæ zonis, properentque Nymphæ,
Et parum comis sine te Juventas,
Mercuriusque. Carm. I. Od. XXX.

(2) *Lætitiæ Bacchus dator.* Æneid. I.

(3) Τερπνοτέρα Ἀφροδίτη μετὰ Διονύσου.
Lucian. Amor. p. 410.

(4) *Sine Cerere & Libero friget Venus.*
Terent. Eun. act. IV. scen. 5.

Ἡδύς τε πίνειν οἶνος Ἀφροδίτης γάλα.
Athen. Lib. X. p. 444.

(5) L'Abbé Winckelman a fait sur le Ceste ou la Ceinture de Vénus une observation importante que nous croyons devoir rapporter. » Vénus drappée, dit-il, est toujours » représentée sur le marbre avec deux ceintures, dont la seconde est placée au-» dessous du bas ventre. Elle se voit ainsi placée à la Vénus à tête d'après nature » qui est à côté de Mars au Capitole, & à la belle Vénus, qui étoit autrefois au » Palais Spada. Cette ceinture inférieure est propre de cette Déesse seule, & c'est » celle que les Poëtes appellent particulièrement la ceinture de Vénus. Personne » n'avoit encore fait cette observation. Lorsque Junon voulut plaire à Jupiter, elle » la demanda à Vénus, & la plaça dans son giron, selon l'expression d'Homere, c'est-» à-dire, à l'entour & au-dessous du ventre, qui est la place de cette ceinture sur » lesdites statues. *Hist. de l'Art. tom. I. p. 337.*

des combats lui-même, qui ne put résister à ses attraits, & l'Olympe assemblé fut témoin des amours de Mars & de la honte de Vulcain. Il n'est point de notre objet de développer le sens caché & la suite de cette allégorie que Lucien & Plutarque croient avoir rapport à l'Astrologie; mais nous nous arrêterons un instant au titre que Vénus reçut, & aux autres attributs qui lui furent donnés en conséquence. Homere, (1) Lucrece, (2) Ovide, (3) *Nonnus* (4) & Stace (5) ont célébré le triomphe de la Déesse de la beauté sur le Dieu de la guerre. Deux monumens gravés dans le volumineux ouvrage de Montfaucon, une statue publiée par Gori, trois pierres gravées expliquées par le même Auteur, deux tableaux trouvés dans les ruines d'Herculanum, & plusieurs autres monumens de l'Antiquité nous représentent ce sujet. Pausanias parle d'une chapelle de Vénus qui n'étoit sans doute surnommée Ἀρεία qu'à cause de

De Astrol. tom. 2. p. 369. De Audiend. Poet.

Tom. 1. part. I. liv. III. ch. II. pl. XLVII. & XLVIII.

Mus. Flor. Stat.

Ibid. Gemm. ant. tom. 2. Tab. 73.

Antiq. d'Hercul. Pittur. t. I. p. 154.

Lacon. p. 251.

(1) Odyss. VIII.

(2) *Nam tu sola potes tranquilla pace juvare*
Mortales: quoniam belli fera munera Mavors
Armipotens regit: in gremium qui sæpè tuum se
Rejicit æterno devictus vulnere Amoris;
Atque ità suspiciens tereti cervice reposta
Pascit amore avidos inhians in te, Dea, visus:
Eque tuo pendet resupini spiritus ore. Lucret. I.

(3) *Fabula narratur toto notissima cœlo*
Mulciberis capti Marsque Venusque dolis.
Mars pater, insano Veneris turbatus amore,
De Duce terribili factus amator erat. Art. Amat. II. v. 561.

(4) Ἀντίλεμψε γάρ.
Κύπρις ἀριστεύει πάλιν Ἄρεϊ, &c. Dyonisiac. XXXV.

(5) *Gaudet ovans jussis, & adhuc temone calenti*
Fervidus, in lævum torquet Gradivus habenas.
Jamque iter extremum, cælique abrupta tenebat,
Cum Venus ante ipsos, nulla formidine gressum
Figit equos. Cessere retro, jam jamque rigentes
Suppliciter posuere jubas. Thebaid. Lib. III. v. 260.

ſon affinité avec Mars. Il eſt très-vraiſemblable que la victoire qu'elle remporta ſur Junon & Pallas lui mérita le titre de *Victrix*, (1) ainſi que ſon pouvoir ſur le Dieu de la Guerre; & c'eſt avec raiſon qu'un Poëte a dit, que la force de Vénus étoit grande, & qu'elle remportoit toujours la victoire. (2) Une inſcription trouvée ſous la ſtatue de cette Déeſſe à Rome exprime très-bien l'aſcendant qu'elle avoit ſur les autres Dieux. (3) Les monumens nous la repréſentent ordinairement nue ou preſque nue appuiée ſur un cippe, tenant un caſque, & de l'autre main une haſte, avec un bouclier à ſon côté. Sur une médaille de Jules Céſar, elle paroît nue tenant de ſa main droite une ſtatue de la Victoire, de la gauche une haſte, ou un bouclier appuié ſur un globe. Ailleurs elle tient de la main droite un caſque, de la gauche elle ſemble lever ſon voile, à ſon côté eſt un cippe ſur lequel ſe repoſe un aigle; de l'autre côté une enſeigne légionaire plantée en terre. Quelquefois elle eſt montée ſur une proue de vaiſſeau. Toutes ces attitudes qui ſe voient ſur des médailles Romaines pouvoient être copiées d'après les diverſes ſtatues de la Déeſſe que les Romains regardoient comme leur mère. Rome en étoit remplie. Une de ces ſtatues avoit donné ſon nom à une rue du ſeptième quartier dit *via lata, vicus ſtatuæ Veneris*. Pluſieurs médailles d'Impératrices nous préſentent la légende *Venus Victrix*, de même que ſur

Sophocl. Trachin.

Muſ. Flor. Gemm. antiq. Tab. 72. n°. 4. 5. & 6.
Antiq. Expliq. tom. I. planch. CIV.
Triſtan tom. I. p. 26.

P. Victor.
Mezabarb. in Jul. in Tit.
Vaillant in Criſpin.

---

(1) Varron en donne une autre raiſon. *Victrix Venus .... non quod vincere velit Venus, ſed quod vincire, & vinciri ipſa.* De L. L. p. 15.

(2) Μεγά τι σθένος ἁ
Κύπρις, ἐκφέρεται νίκας ἀεί.

(3) *Sol calet igne meo, flagrat Neptunus in undis,*
Penſa dedi Alcidæ, Bacchum ſervire coegi,
Quamvis liber erat, feci ſervire Tonantem,
Quamvis liber erat, Martem ſine Marte ſubegi.
Gruter, pag. 60.

p. 47

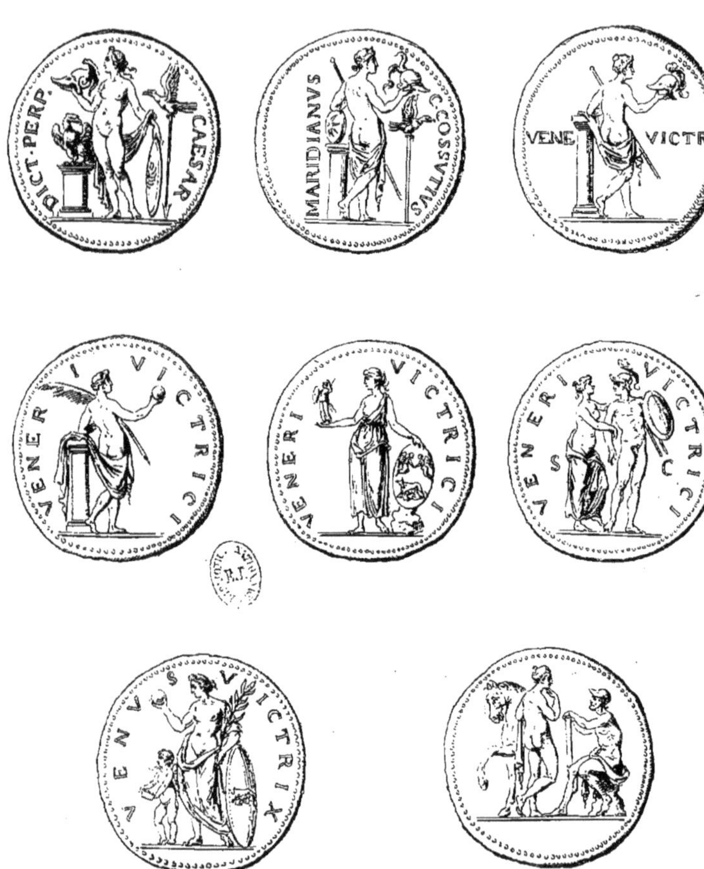

Oisel Tab. XLIX.

celles de quelques Empereurs on voit celle de *Jupiter Victor*, souvent pour des raisons plutôt relatives à l'Empereur ou à l'Impératrice qu'à la Divinité, comme nous l'avons déjà remarqué. On trouve aussi ce titre sur des Inscriptions. Plutarque nous apprend que Pompée consacra une chapelle en l'honneur de Vénus Victorieuse. Les Romains lui élevérent un temple, à la dédicace duquel vingt éléphans combattirent dans le Cirque : enfin elle est qualifiée de ΚΥΠΡΙ ΤΡΟΠΑΙΟΦΟΡΕ, dans une Epigramme Grecque. On peut juger par les médailles ici gravées de quelle manière les Romains la représentoient.

Plautill. Valerian. Magn. Urbic. Gordian. P. Salonina. Numerian. Gal. Valer. Muratori, t. 1. pag. LVIII. Plut. in Pomp. Plin.

Spanhem. de præst. & usu, t. 2. p. 75.

Soit que l'idée de victoire emporte celle de combat, & par conséquent des armes ; soit que l'on suppose que la Déesse ait enlevé celles de Mars, les Auteurs font souvent mention de Vénus *Armée*, laquelle ne doit guères différer de Vénus Victorieuse. Mais si, pour vaincre, il lui suffisoit de se présenter avec ses charmes, quel devoit être son avantage lorsqu'elle étoit armée? (1) *Moschus* (2) & Lucrece (3) lui donnent des flèches. Dans *Silius Italicus*, elle se fait gloire de les prêter aux Amours. (4) Ses armes en effet étoient assez semblables

(1) *Armatam vidit Venerem Lacedæmone Pallas :*
Nunc certemus, ait, judice vel Paride.
Cui Venus : armatam tu me, temeraria, temnis ;
Quæ, quo te vici tempore, nuda fui.
Auson. Epigram. XLI.

(2) Ἀάτοισιν ὑποδμηθεὶς βελέεσσι
Κύπριδος. Idyll. 2. v. 75.

(3) *Sic igitur Veneris qui telis accipit ictum.*
Lucret.

(4) --- *Omnia parvis*
Si mea tela dedi, blando medicata veneno.
Sil. lib. VII.

Pag. 41. à celles de son fils : une pierre gravée dans Reger la représente faisant des efforts pour les lui enlever, ou ne lui cédant qu'avec peine.

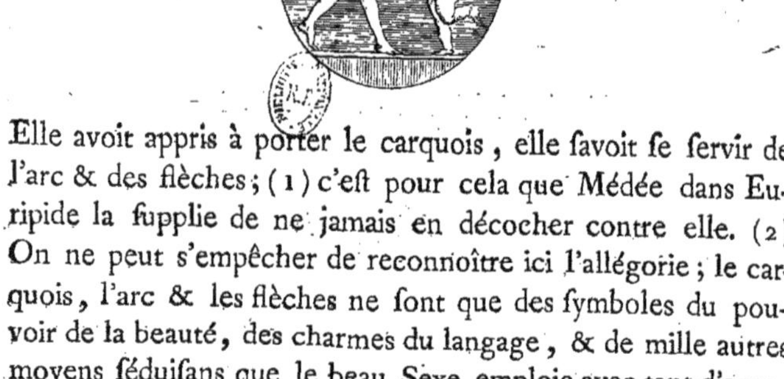

Elle avoit appris à porter le carquois, elle savoit se servir de l'arc & des flèches ; (1) c'est pour cela que Médée dans Euripide la supplie de ne jamais en décocher contre elle. (2) On ne peut s'empêcher de reconnoître ici l'allégorie ; le carquois, l'arc & les flèches ne sont que des symboles du pouvoir de la beauté, des charmes du langage, & de mille autres moyens séduisans que le beau Sexe emploie avec tant d'avantage. (3) Les armes de Vénus, toutes sûres qu'elles étoient, ne pouvoient donc pas être regardées comme des armes pro-

(1) Αἰεὶ μὲν Κυθέρεια φέρειν δεδάηκε φαρέτρην,
Τόξα τε, καὶ δολιχῆς ἔργον ἀκιδοβολίης.

Julian. Ægypt. Anthol. IV. 12. Ep. 21.

(2) Μήποτ' ὦ δέσποιν' ἐπ' ἐμοὶ
Χρυσέων τόξων ἐφίης
Ἱμέρῳ χρίσασ' ἄφυκτον οἰστόν. Euripid. Med.

(3) Anacréon, dans son Ode sur les Femmes, a rendu cette pensée avec l'élégance qui lui est ordinaire ; en voici le sens :

La Nature donna des cornes aux taureaux, des pieds aux chevaux pour leur défense ; elle enseigna aux lièvres à prendre la fuite, elle arma les lions de dents menaçantes ; elle apprit aux poissons à nager, aux oiseaux à voler ; enfin, elle accorda la prudence aux hommes. Il ne lui restoit rien pour les femmes : que pouvoit-elle donc faire en leur faveur ? Elle leur fit présent de la beauté, qui leur tient lieu de toutes sortes d'armes, & à laquelle ni le fer, ni la flamme ne peuvent résister.

pres

pres aux combats, & destinées à répandre le sang des hommes dans les batailles. Cependant il paroîtroit que les habitans de l'isle de Cypre en ont eu cette idée, puisque, selon *Hesychius*, ils lui ont donné une épithéte qui ne convient qu'à une Divinité guerriere. (1) Il est très-possible que de certains peuples, les Lacédémoniens, par exemple, l'aient armée de pied en cap. Cette nation donnoit une lance aux Dieux & aux Déesses qu'elle honoroit, pour faire entendre, dit Plutarque, qu'elle ne reconnoissoit que des Divinités qui présidoient à la guerre. Plutarch. antiq. Lacedæm. Inst. On lit dans l'Anthologie plusieurs épigrammes sur la statue de Vénus armée à Lacédémone : il y est dit que cette parure Lib. IV. cap. 12. sied bien à la maîtresse du Dieu Mars & à une Lacédémonienne. Lactance raconte une anecdote, qui, selon lui, a donné lieu à la représentation de Vénus armée chez les Lacédémoniens, (2) mais il est étonnant que Pausanias ne l'ait pas connue, & qu'il n'en dise rien à l'occasion de la petite chapelle bâtie sur une montagne de Laconie, & dans laquelle on voyoit Lacon. p. 246. une statue de Vénus armée. Cette chapelle, ou ce petit temple, lui parut, dit-il, le plus remarquable de tous ceux qu'il eût vus, en ce qu'il y avoit au dessus une seconde chapelle où étoit placée une autre statue de Vénus nommée Μορφώ, dont il fait la description, sans donner l'explication de ce surnom.

---

(1) Ἐγχεῖος Ἀφροδίτη Κύπριοι.

(2) Lacedæmonii quum Messenios obsiderent, & illi furtim deceptis obsessoribus egressi, ad diripiendam Lacedæmonem cucurissent, à Spartanis mulieribus fusi fugatique sunt. Cognitis autem hostium insidiis, Lacedæmonii sequebantur. His armatæ mulieres obviam longiùs exierunt ; quæ cum viros suos cernerent parare se ad pugnam, quod putarent Messenios esse, corpora sua nudaverunt. At illi uxoribus cognitis, & aspectu in libidinem concitati, sicut erant armati, permisti sunt utique promiscuè, nec enim vacabat discernere. Sic Juvenes ab iisdem anteà missi, misti cum virginibus, ex quibus sunt Parthenii nati ; propter hujus facti memoriam ædem Veneri armatæ, simulacrumque posuerunt.

Miscell. Lacon. lib. II. c. XV. & lib. IV. cap. XVI.

Il ne résulte rien de celle que l'on trouve dans Meursius, qui a fait deux longs articles sur ce mot.

Lacon. p. 269. Corinth. p. 121.

Pausanias fait mention de deux autres statues de Vénus armée, l'une à Cythère, & l'autre à Corinthe. Nous lisons aussi dans Dion, que Jules César portoit une Vénus armée gravée sur son anneau. Les Éditeurs des Antiquités d'Herculanum ont publié un tableau représentant une jeune femme vêtue d'une robe rouge : elle a des cheveux blonds, des brasselets d'or, elle est armée d'un arc & d'une flèche : après avoir fait remarquer que cela peut convenir à Diane, ou à une Nymphe de sa suite, ou à Atalante; ce tableau leur rappelle enfin une des épigrammes de l'Anthologie, que nous avons déjà citée, & qui a pour objet Vénus armée. Nous ne hazarderons point un jugement sur cette figure, nous croyons cependant qu'elle n'est point assez caractérisée pour dire que ce soit Vénus armée. Les Peintres anciens pouvoient faire des portraits & des tableaux de fantaisie comme ceux de notre temps.

Pittur. t. III. p. 71.

Les effets de l'amour, bien ou mal ordonné, étant imputés à la même cause, c'est-à-dire à Vénus : quelques Interprètes ont cru que les surnoms d'Οὐρανία, ou de *Cœlestis*, & de Πάνδημος, ou de *Popularis*, avoient été donnés à cette Déesse relativement à la qualité des amours qu'elle inspiroit. (1) Cela revient à la division de Platon. (2) Pausanias dit, que l'on voyoit à Thèbes trois statues antiques de Vénus; la première Οὐρανία, qui inspire le pur amour exempt de cupidité; la seconde, Πάνδημος, qui excite l'amour du plaisir des sens; la troisième, Ἀποστροφία, dont la fonction est de détourner des amours honteux.

Bœot. p. 746.

(1) On a donné ces deux épithètes à l'Amour pour la même raison. *Plutarch. in Amator. p. 764.*

(2) Voyez au commencement de ce Mémoire.

La Déesse que l'on adoroit en Syrie, & dans presque tout l'Orient, étoit honorée en Europe sous le nom de Vénus *Uranie*. Les Arabes l'appelloient *Alilat* ou *Alitta*, les Assyriens *Mylitta*, les Perses *Mitra*, les Phéniciens *Astarté*, (1) les Ascalonites *Derceto* ou *Atergatis*, les Chaldéens *Delephat*, les Babyloniens *Salambo*, les Sarrasins *Cabar*. Elle reçut aussi en Orient des noms pris du lieu où elle étoit honorée. Celui de *Byblia* vient de la ville de *Byblos*, dans laquelle on lui rendoit un culte singulier; & c'étoit là que l'on célébroit les fêtes d'Adonis; elle avoit un temple sur le mont Liban où l'on croit qu'elle étoit invoquée sous le nom d'*Archītis*. Macrobe en fait une description, (2) qui ne se trouve peut-être dans aucun autre Auteur. Bochart la confond avec celle qui est nommée *Aphacitis*.

Herodot. Hyd. de Rel. Vet. Pers. Suidas. Hesychius. Isidor. Char. Selden.

Lucian. de Deâ Syrâ.

Phaleg. p. 305. Voy. aussi ibid. col. 748. 749. 750.

En rapprochant ces noms, & en conciliant les idées que l'on y attachoit, on verra que toutes ces Divinités qui paroissent différentes, ne sont autre chose que la Vénus *Céleste* ou *Uranie* des Grecs, qui vraisemblablement en eurent connoissance par les Phéniciens que le commerce attiroit dans leurs ports. La Vénus Syrienne passoit pour avoir les deux sexes. Les cérémonies de son culte étoient variées, & pour les célébrer, on se servoit d'habits d'hommes ou de femmes suivant les circonstances, d'où vient sans doute la distinction de *Lunus* & de *Luna*; c'est de là qu'on lit dans un ancien Poëte

Macrob. Saturn. III. c. 8.

(1) Τὴν δὲ Ἀστάρτην Φοίνικες τὴν Ἀφροδίτην εἶναι λέγουσι. *Sanchoniaton*, qui dit qu'elle est la fille de *Cælus*, ou Οὐρανὸς.

(2) Simulacrum hujus Deæ (Veneris Architidis) in monte Libano fingitur capite obnupto, specie tristi, faciem manu lævâ intra amictum sustinens, lacrymæ visione conspicientium manare creduntur.

Saturnal, lib. 1. cap. 21.

pollentemque Deum Venerem, (1) qu'Ariſtophane ſe ſert du mot Ἀφρόδιτον au neutre, & Heſychius d'Ἀφρόδιτος au maſculin. C'eſt auſſi pour cela vraiſemblablement que les habitans de l'iſle de Cypre repréſentoient Vénus avec de la barbe & des habits de femme. Cela s'accorde encore avec un paſſage de Varron ſur la cauſe de la naiſſance des êtres qu'il dit être l'eau & le feu, (2) celui-ci mâle & l'autre femelle.

Heſychius. Macrob.

L'examen des différentes Divinités de l'Orient dont nous venons de parler, leur correſpondance avec la Vénus *Uranie* des Grecs exigeroit des recherches immenſes & de longues diſcuſſions, qui d'ailleurs ſont étrangeres à notre ſujet : on trouveroit ſur cela beaucoup d'éclairciſſemens dans l'ouvrage de Lucien, qui traite de la Déeſſe de Syrie ; & parmi la foule des Critiques modernes qui en ont parlé en ſe copiant mutuellement, on pourroit conſulter Selden, Bochart & Voſſius, qui méritent d'être diſtingués des autres. Nous croions encore devoir remarquer que ſur des médailles de Béryte on voit une figure fort bizarre pour ſa forme & pour ſes attributs, que les Antiquaires ſont convenus de nommer Aſtarté.

De Diis Syris. Phaleg. De Idololatr. Vaillant Colon. part. 1. p. 222. & part. 2. p. 110. & p. 126.

(1) Il n'y a cependant point d'apparence que ce ſoit par ce motif que Virgile a fait dire à Enée :

Diſcedo ac ducente Deo flammam inter & hoſtes
Expedior. Æneid. XII.

Enée ne pouvoit, en parlant de ſa mere, en avoir une idée ſi ſinguliere ; & l'on voit que le Poëte a pris le genre pour l'eſpèce.

Quant aux idées des Grecs qu'il nous importe plus de connoître ſur Vénus Céleſte, il paroît qu'ils lui avoient donné ce titre, ſoit parce qu'ils avoient égard à ſon origine qu'elle tiroit de *Cœlus*, ſoit parce qu'ils la faiſoient préſider au chaſte amour, ſoit enfin parce qu'ils la conſidéroient comme la Lune.

Nous avons déjà obſervé d'après Pauſanias, que les Phéniciens avoient porté en Grèce le culte de la Déeſſe, que les habitans de ce pays nommèrent depuis dans leur langue Vénus *Uranie*; en changeant le nom, ils n'auront pas manqué non plus d'en reſtreindre ou d'en étendre, & d'en modifier les acceptions ſelon leurs caprices : ce ſont des mélanges ſemblables qui occaſionnent principalement la confuſion affreuſe que l'on trouve dans la Mythologie. Attic.

Le culte de Vénus Céleſte étoit établi à Thèbes en Béotie : cette Déeſſe étoit en grande vénération en Égire, où l'entrée de ſon temple étoit interdite aux hommes : on voyoit à Cythère un autre temple de Vénus *Uranie*, qui paſſoit pour le plus ancien & le plus célebre de tous ceux que Vénus ait eus dans la Grèce; ſa ſtatue y étoit armée. En Élide on admiroit une ſtatue de Vénus *Céleſte* d'or & d'yvoire, ouvrage de Phidias, elle repréſentoit la Déeſſe avec le pied poſé ſur une tortue, ſymbole fort remarquable, dont Pauſanias ignore la raiſon, & que Plutarque dit avoir rapport à la vie ſédentaire & tranquille qui convient aux femmes. Mais cette tortue ne ſeroit jamais un attribut eſſentiel de Vénus *Céleſte*; puiſque nous venons de voir que celle de Cythère étoit armée. Il n'eſt donc pas sûr que la tortue y eût aucun rapport; il eſt

Pauſan. Bœot. Id. Achaic. Id. Lacon. Id. Eliac.

(1) Cauſſa naſcendi duplex; ignis & aqua.... Mas ignis quod ibi ſemen; aqua fæmina quod fœtus ab ejus humore & eorum junctione ſumit Venus.... Poetæ de Cœlo ſemen igneum cecidiſſe dicunt in mare, ac natam è ſpumeis Venerem, conjunctione ignis & humoris. *Varro de L. L. p.* 15.

même très-possible que Vénus considérée sous son titre de Céleste n'eût point d'attribut distinctif, & que la seule convention eût engagé à qualifier ainsi la Déesse représentée de telle ou telle manière. Il y a des Divinités dont l'attribut est fixé par le surnom qui leur est donné : Jupiter *Fulgerator* doit être armé de la foudre, Jupiter *Ammon* ne peut être représenté qu'avec des cornes de bélier, la Diane d'Ephése est caractérisée par plusieurs mammelles, par les appuis sur lesquels ses bras sont portés, & par les autres symboles dont ses vêtemens sont chargés. Il arrivoit cependant que l'on représentoit des Divinités avec un de leurs attributs essentiels, & que le surnom qu'on leur donnoit étoit souvent peu analogue à cet attribut.

Cette observation, que nous croions n'avoir été faite jusqu'ici par aucun Antiquaire, peut s'appliquer à la Vénus *Céleste* avec le pied posé sur la tortue. On ne paroîtroit donc pas fondé à prendre pour Vénus *Céleste* une statue de femme, parce que la partie supérieure de son corps seroit nue, & l'inférieure drappée, comme celle que l'on voit dans le Cabinet du Grand-Duc. Quoique cette statue ait pu être honorée autrefois comme celle de Vénus *Céleste*, elle n'a cependant point de caractère particulier qui nous indique surement que ce soit elle. Sur trois médailles, dont la première est de *Julia*, femme de Severe, la seconde de *Soëmias*, & la troisième de *Magnia Urbica*, on voit une femme vêtue & debout portant de la main droite une pomme, tenant de la gauche une haste, & pour légende VENUS CAELESTIS, ce qui ne marque pas davantage le caractère de Vénus Céleste ; cela confirme au contraire notre sentiment, en ce que cet attribut ne s'accorde point avec les autres dont on vient de parler. Reinesius & Gruter ont recueilli des Inscriptions

Stat. Tab. XXX.

Vaillant.

qui prouvent que les Romains honoroient Vénus sous le titre de *Cœlestis.*

Le sens de cette épithète est en quelque sorte déterminé par son opposition à celle de Πάνδημος. L'une est toujours prise en bonne part, tandis que l'on attache ordinairement à l'autre une idée désavantageuse. Les Habitans de la ville de *Synnades* en Phrygie donnérent la qualification de Πάνδημος à Jupiter, parce qu'il se tenoit chez eux une grande assemblée, à laquelle ils faisoient présider ce Dieu, ou parce que sa statue étoit près du lieu où le peuple s'assembloit. Vénus reçut le même titre chez les Athéniens, parce que sa statue étoit aussi près de la place publique où se tenoient les assemblées : Thésée établit son culte après avoir réuni dans la ville d'Athènes le peuple auparavant dispersé dans les champs, & Solon lui fit bâtir un temple dans une place de cette ville. Mais les Auteurs anciens nous présentent une autre acception de l'épithète Πάνδημος. Théocrite dans sa treizième épigramme l'oppose à celle de Céleste. (1) Oppien (2)

Theocrit Epig. 13.

Vaillant Select. Numis. p. 294.

Apollodor. de Diis. Harpocration. Suidas.

Pausan. Attic. p. 51.

Cyneg. A. v. 382.

---

(1) Ἡ Κύπρις οὐ πάνδημος· ἱλάσκεο τὴν θεὸν εἰπὼν
Οὐρανίαν.

(2) Εἴαρι πόντος ὅλος δὲ περισμαραγεῖ κυθέρειῃ,
Καὶ νέποδες γαμέοντες ἐπιφρίσσουσι γαλήνῃ.
Εἴαρι καὶ τρήρωνες ἐπιθύνουσι πελείαις.
Ἵπποι δ' ἀγραύλοις ἐπὶ φορβάσιν ὀπλίζονται,
Ταῦροι δ' ἀγροτέρας ἐπὶ πόρτιας ὁρμαίνουσι,
Καὶ κτίλοι εἰλικόεντες ἐν εἴαρι μηλοβατεῦσι,
Καὶ κάπροι πυρόεντες ἐποχμάζουσι σύεσσι,
Καὶ χίμαροι λασίοισιν ἐφιππεύουσι χιμαίραις.
Καὶ δ' αὐτοῖς μερόπεσσιν ἐν εἴαρι μᾶλλον ἔρωτες.
Εἴαρι γὰρ πάνδημος ἐπιβρίθει κυθέρεια.

en qualifiant de Πάνδημος la Vénus qui porte les hommes & les animaux à s'unir chacun avec la femelle de leur eſpèce, fait aſſez entendre qu'il veut parler de la Déeſſe du plaiſir. Par l'explication que Pauſanias en donne dans ſon Voyage de
Bœot. p. 741. Béotie, on voit que cet Auteur n'en avoit pas une autre idée : (1) dans celui d'Élide, il fait mention d'une ſtatue de Vénus ſurnommée Πάνδημος, ouvrage de Scopas, ainſi que le bouc ſur lequel elle étoit aſſiſe, & quoiqu'il paroiſſe ignorer pourquoi la Déeſſe eſt aſſiſe ſur ce bouc, il eſt bien sûr que
Lucian. Meret. Dialog. 7. cet animal très laſcif eſt ici le ſymbole des plaiſirs effrénés. (2) Dans le Dialogue ſeptième des *Courtiſannes*, une mère parlant d'un jeune homme qui s'épuiſoit en promeſſes auprès de ſa fille ſans lui faire le plus petit préſent, dit à celle-ci avec dériſion : ſi nous trouvons encore quelque galant de cette eſpèce, il faudra que nous faſſions le ſacrifice d'une chèvre blanche à Vénus *Populaire*.

On a une notion aſſez ſatisfaiſante de ce que les Anciens
Demoſthen. Encom. 13. ont penſé des deux Vénus, dans une réflexion de Lucien ſur les deux Amours qui en ſont les effets. L'un, dit-il, impétueux, excite dans l'eſprit une agitation violente : il eſt orageux comme la mer dont il tire ſon origine, & les paſſions qu'il produit peuvent être comparées à des tempêtes occaſionnées par Vénus *Populaire*. L'autre au contraire eſt Céleſte, il nous attire comme avec une chaine d'or ; bien loin de faire des bleſſures profondes & incurables, il nous conduit à la jouiſſance d'une beauté pure qui ne ſouffre point d'altération ; ſes tranſports ne font qu'élever notre eſprit & nous rapprocher des Dieux. Ce texte de Lucien eſt encore expliqué & confirmé par

(1) Πάνδημον δὲ, ἐπὶ ταῖς μίξεσι.

(2) *Splendidior vitro tenero laſcivior hœdo.* Ovid.

par un autre d'Apulée aussi formel. (1) Ainsi l'amour inspiré par Vénus *Populaire* étoit cet amour violent & effréné qu'Horace a si bien peint en ces vers :

Cùm tibi flagrans amor, & libido,
Quæ solet matres furiare equorum,
Sæviet circà jecur ulcerosum. Od. lib. 1. 25.

En un mot, tout ce qui avoit rapport à la passion de l'amour dépendoit absolument de Vénus. C'est ce qui a fait attribuer à la vengence de cette Déesse la fureur utérine qui a porté certaines femmes à des excès incroyables, & les desordres honteux de quelques hommes. C'est ce qui a fait dire aussi qu'elle étoit redoutable aux personnes qui l'avoient offensée. La prostitution des Propétides fut la peine du mépris qu'elles avoient fait de Vénus. (2) Phedre regarde sa passion pour Hyppolite comme un effet de la vengeance de la Déesse contre toute la famille du Soleil, (3) vengeance qu'éprouvérent aussi Circé, Euripid. in Hyppolit. Servius ad Eclog. VI. & Æneid. VI. 14.

(1) Mitto enim dicere alta illa & divina Platonica, rarissimo cuique piorum gnara, cæterum omnibus profanis incognita : geminam esse Venerem Deam, proprio quamque amore, & diversis amatoribus pollentes. Earum alteram Vulgariam, quæ sit percita populari amore, non modo humanis animis, verùm etiam pecuinis & ferinis ad libidinem imperitare, ut immodico trucique perculsorum animalium serva corpora complexu vincientem : alteram verò Cœlitem Venerem, prædita quæ sit optimati amore, solis hominibus, & eorum paucis curare, nullis ad turpitudinem stimulis vel illecebris sectatores suos percellentem.

Apul. Apolog. edit. in usum Delph. p. 419. 420.

(2) *Sunt tamen obscenæ Venerem Propætides ausæ*
Esse negare Deam : pro qua sua, numinis irâ
Corpora cum forma primæ vulgasse feruntur. Ovid. Met. l. 10. v. 238.

(3) *Forsitan hunc generis fato reddamus amorem;*
Et Venus è tota gente tributa petat. Ovid. Phæd Hyppolit. v. 54.

Exigit indicii memorem Cythercia pænam. Id. Metam. IV. v. 190.

Stirpem perosa Solis invisi Venus
Per nos catenas vindicat Martis sui.
Senec. Hyppolit. 114.

Liban. Narrat. 15. & 16. Apollodor. l. 1. Suidas. Euripid. Scholiast. Hygin. Valer. Flac. lib. 2. &c.

Scholiast. Homer. ad Iliad. lib. v. v. 412. Apollodor. lib. 3.

Médée, Pasiphaë & Dircé. (1) La punition des femmes de Lemnos que l'on dit être fondée sur ce qu'elles ne lui offroient plus de sacrifices, ou sur d'autres motifs, vient aussi, selon quelques Auteurs, de ce que le filet par le moyen duquel Vulcain découvrit aux Dieux l'adultère de Vénus, avoit été fabriqué dans cette isle. Egialée fut punie d'une ardente lubricité, parce que Dioméde son mari avoit blessé Vénus devant Troie. Hyacinthe fut le fruit des amours secrets de Clio, parce que cette Muse avoit osé reprocher à Vénus d'aimer Adonis. Si ce reproche étoit un crime impardonnable, il faut convenir que la punition n'étoit pas proportionnée. Le courroux de Vénus, qui s'étendoit aux descendans jusqu'aux générations les plus reculées, ne se concilie pas trop bien non plus avec sa passion pour Adonis, dont elle avoit poussé la mère à un inceste. L'Aurore elle-même ne fut point exempte de ses poursuites; parce qu'elle avoit partagé les amours de Mars, elle étoit sans cesse tourmentée d'une passion violente, qui lui fit enlever Orion pour le transporter dans l'isle de Délos.

Apollodor. lib. 1. p. 13.

La vengeance que Vénus tiroit des hommes étoit encore plus cruelle. Les Scythes qui pillérent son temple d'Ascalon furent frappés, ainsi que leurs descendans, de la maladie des femmes, selon Hérodote, qui laisse à deviner ce que pouvoit être cette maladie. Patin en sa qualité de Médecin sembloit avoir plus de droit qu'un autre de décider la question ; & il n'hésite point de dire, qu'il s'agit de ce que nous appellons la maladie vénérienne. Quelques-uns ont cru que c'étoit l'a-

Lib. 1. c. 105.

Commentar. in antiq. Monum. Marcellin.

(1) *Sensit Diva dolos, jampridem sponte requirens*
Colchida, & invisi genus omne exscindere Phœbi,
Tum verò optatis potitur.
Valer. Flacc. Argon. lib. VI.

mour illicite que des hommes ont les uns pour les autres. Ce dernier ſentiment, malgré ſa ſingularité, pourroit être autoriſé par l'hiſtoire de Philoctète, qui avoit tué Pâris, & dont Vénus ſe vengea en lui inſpirant ce goût dépravé, ſi l'on en croit le Scholiaſte de Thucydide, & comme le font entendre Martial (1) & Auſone. (2) En voilà plus qu'il n'en faut, ce ſemble, pour juſtifier l'épithète d'Οἰστροφόρος, qui eſt donnée à Vénus dans une épigramme de l'Anthologie. (3) On peut ranger dans la même claſſe celles de ΘΙΜΒΡΗ, qui ſe

Ad Lib. I.

Lib. VII. pag. 469. edit. 1602.

(1) *Mollis erat facilisque viris Pœantius heros :*
Vulnera ſic Paridis dicitur ulta Venus. Lib. 2. Epigr. 84.

(2) *Præter legitimi genitalia fœdera cœtus,*
Repperit obſcænas Veneres vitioſa libido.
Herculis hæredi quam Lemnia ſuaſit egeſtas,
Quam toga facundi ſcenis agitavit Afrani. &c. Auſon. Epigr. 71.

(3) Le terme Οἶστρος a été conſacré chez les Grecs pour exprimer les accès violens d'un tempérament de feu. Anacréon ſe plaignant de la bleſſure qu'il a reçue de l'Amour, fait ſentir toute l'énergie de l'expreſſion οἶστρος.

--- Καὶ με τύπτει
Μέσον ἧπαρ, ὥσπερ οἶστρος.
Od. III.

Apollodore s'en ſert (*Lib.* II. 10.) en parlant des troupeaux d'Hercule que Junon diſperſa ταῖς βουσὶν οἶστρον ἐνέβαλεν. Et ailleurs (*Lib.* II. 3.) à l'occaſion d'Io métamorphoſée en vache, il dit que Junon τῇ βοῒ οἶστρον ἐμβάλλει. Heſychius a très bien défini le mot οἶστρος : Ἀφροδισίων κίνησις, le deſir ardent & preſſant de la jouiſſance. Suidas rend celui d'Οἶστρος par ἡ θηλυμανία, qui exprime peut-être moins l'amour des hommes pour les femmes, que la maladie de celles-ci, nommée *Nymphomanie*, ou fureur utérine.

Le mot οἶστρος eſt auſſi appliqué aux poiſſons. Hérodote II. 93. parlant de certains poiſſons, dit ἐπεὰν σφέας ἐσίῃ οἶστρος κυΐσκεσθαι. Oppien ſe ſert également de ce terme, *Halieut.* I. 473.

Εἶαρι δὲ γλυκὺς οἶστρος ἀναγκαίης Ἀφροδίτης.

Les Latins ont imité cette façon de parler, en employant dans le même ſens le mot *œſtrum.* C'eſt pour cela qu'on lit dans le Poëme de *Ciris* attribué à Virgile (*v.* 184.)

Horribili præceps impellitur œſtro.

Protrept. tom. I. p. 33. Maffei Gall. Antiq. p. 166.

lit dans Callimaque, (1) de Περιβασίη, employée par Clément d'Alexandrie, (2) & de Πασιφάεσσα, sur laquelle le Président Bouhier a fait des remarques. (3)

Bayle, Dictionn. tom. 2. p. 709. A.

Au reste, on ne reconnoissoit dans tout l'Orient qu'une Vénus qui étoit la *Céleste* ou *Uranie*; elle présidoit à la génération, & par conséquent à l'amour des corps; d'où il s'ensuit que cette distinction de Vénus *Céleste* & de Vénus *Populaire* chez les Grecs ne servoit qu'à désigner les différens effets d'une même cause. L'amour, dit un Critique moderne, a fait commettre mille fautes à des personnes dont elles voyoient si clairement la honte, qu'elles ont tâché de les prévenir en appellant la raison à leur secours, & en faisant bien des souhaits de ne pas aimer. Il leur paroissoit naturel de conclure qu'elles n'étoient point la cause de leur mauvaise conduite, en tant qu'elles avoient un entendement raisonnable. Cette premiere conclusion les conduisit à celle-ci, qu'une cause externe & supérieure à toutes leurs forces les poussoit; la seconde conclusion leur en faisoit faire une troisième, qu'un Dieu étoit une cause extérieure & nécessitante. Voilà, ajoute l'Auteur, l'origine de la prétendue Divinité de Vénus & de

(1) L'épithète de Θίμβρη ne se lit que dans un Fragment de Callimaque cité par le Scholiaste de Nicandre (*in Theriac.*) Καλλίμαχος Θίμβρης Κύπριδος ἀρμοῖω. Elle peint l'amour immodéré qui n'a point même d'égard aux espèces: tel que celui de Sémiramis pour un cheval, de Pasiphaé pour un taureau, &c.

(2) Le surnom de Περιβασίη ou de Περιβασώ vient selon quelques Interprètes, παρὰ τὸ περιβῆναι à *divaricandis cruribus*; de sorte qu'on pourroit rendre ce mot par celui de *diva icatrix*.

(3) L'épithète de Πασιφάεσσα a été substituée par le Président Bouhier à celle de περιφάεσσα, qui se lisoit sur une inscription qu'il rapporte; il en fait un synonime de celle de Πάνδημος & de celle de πολύκοινος employée par S. Epiphane. (*Ancorat.* §. 105.)

Cupidon. Cette application, qui est peut-être trop générale, pourroit se faire plus particulièrement à Vénus Πάνδημος, que Lucrece nomme *Volgivaga*, (1) & Apulée *Vulgaria*. (2) Athénée parle d'une fête que l'on célébroit en son honneur le quatrième jour du mois. Pausanias est le seul Auteur ancien, au moins que nous connoissions, qui ait donné la description d'une statue de Vénus *Populaire*, laquelle est assise sur un bouc. On a publié, il y a quelques années, un beau marbre appartenant autrefois au Duc de Sulli; il représente une femme nue, portée sur une espèce de bouc marin à travers les eaux; & l'Éditeur a cru que c'étoit Vénus Ἐπιτραγία, surnom dont Plutarque a donné une explication assez vague dans la vie de Thésée, (3) mais qui peut avoir rapport à la Vénus Πάνδημος de Pausanias. (4)

Lib. XIV. p. 659.

Eliac.

Explicat. de quelques Mon. singuliers par un Benedictin.

Les Artistes modernes sont convenus d'appeller *Vénus Pudique*

(1) *Si non prima novis conturbes vulnera plagis,*
Volgivagaque vagus Venere ante recentia cures. Lib. IV.

(2) Voyez le passage déjà cité.

(3) Plutarque nous apprend que Thésée, sur le point de s'embarquer pour aller combattre le Minotaure, consulta l'Oracle d'Apollon, qui lui fit réponse de prendre Vénus pour guide, & de l'invoquer comme la compagne de son voyage; que se disposant à immoler une chèvre sur le rivage pour se rendre la Déesse favorable, cette chèvre avoit été tout d'un coup transformée en bouc, & que cette aventure lui avoit fait surnommer Vénus Ἐπιτραγία.

Le même Auteur n'est pas plus clair en parlant, quelques lignes après, d'une Vénus *Ariadne*. On ne sait si Vénus reçut ce surnom de Thésée, parce qu'Ariadne avoit fait présent à ce Héros d'une statue de Vénus, ouvrage de Dédale, & dans laquelle il y avoit, dit-on, du vif-argent, pour la faire mouvoir; ou bien si Thésée auroit donné le nom d'Ariadne à Vénus en reconnoissance de la facilité avec laquelle la Princesse s'étoit prêtée à ses desirs.

Meursius n'a fait qu'embrouiller cette question aussi obscure qu'elle est peu importante.

(4) Voyez aussi Montfaucon, *Antiq. Expliq. tom.* I. *pl.* C. *& pl.* CI. *n°.* 5.

celle qui porte la main au devant de ſa gorge & l'autre plus bas, comme par pudeur, telle que la belle Vénus de Médicis; & M. le Comte de Caylus obſerve que la Vénus pudique étoit plus ſouvent répétée que l'impudique.

Antiq. tom. VII. p. 191.

Reineſ. p. 227. Gruter, p. 59. 9.

Nous ignorons quelles étoient les fonctions de la Vénus qui eſt appellée *Placida* ſur les Inſcriptions; & ſi cette épithète lui a été donnée pour marquer la gradation qui ſe trouve dans ſes influences à l'égard des deſirs qu'elle inſpire, c'eſt-à-dire, qu'elle auroit été la Divinité de ceux qui ſeroient nés avec un tempérament tranquille. (1)

Enfin les Anciens reconnurent une Vénus qui détournoit de l'amour déréglé en faiſant revenir de ſes excès, & rappellant les hommes à la raiſon. C'étoit avec une ſorte de juſtice; car, ſuivant la réflexion de Caton, c'eſt à ceux qui ont cauſé les grands maux à les faire ceſſer. Elle fut appellée chez les Grecs Ἀποστροφία, & chez les Latins *Verticordia*; Ovide explique ce dernier mot, en même temps qu'il en donne l'étymologie; (2) Valere Maxime ne laiſſe aucun doute ſur le motif qui engagea le Sénat à lui faire ériger une ſtatue, (3)

Plutarch. in Cat. min.

Pauſan. Bœot.

---

(1) Denys le Périégete dit que Vénus *Placida* procuroit des vents favorables, & qu'elle les appaiſoit lorſqu'ils étoient violents. Elle avoit un temple près de Byzance. Mais cet attribut eſt peu connu, & n'eſt pas fort important.

(2) *Roma pudicitia proavorum tempore lapſa eſt,*
Cumæam, veteres, conſuluiſtis anum.
Templa jubet Veneri fieri, quibus ordine factis,
Inde Venus verſo nomine corda tenet. Faſt. IV.

(3) Meritò virorum commemorationi Sulpicia Ser. Paterculi filia, Q. Fulvii Flacci uxor adjicitur. Quæ, cum Senatus libris Sibyllinis per Decemviros inſpectis cenſuiſſet, ut Veneris Verticordiæ ſimulacrum conſecraretur, quò facilius Virginum mulierumque mentes à libidine ad pudicitiam converterentur, & ex omnibus matronis centum, ex centum decem ſorte ductæ, de ſanctiſſimâ fæminâ judicium facerent; cunctis caſtitate prælata eſt.

Val. Maxim. Lib. VIII. *cap.* 15. *n°.* 12.

& conséquemment sur l'idée que l'on attachoit à Rome au surnom de *Verticordia*. *Julius Obsequens* dit qu'on lui éleva un temple dans la voie nommée *Salaria*, à l'occasion de l'inceste commis dans le même temps par trois Vestales. Pline & Solin parlent aussi du surnom de *Verticordia*.

De Prodig. cap. 97.

Plin. lib. VII. cap. 5.

En faisant le résumé de ce qui a été dit jusqu'ici, on verra que nous n'avons fait que développer la première & la principale idée que les Anciens ont eue sur la naissance de Vénus, & que tous ses attributs, comme ses différentes qualifications en sont une émanation. En effet, l'idée d'un être, principe de tous les autres, est un germe fécond qui renferme tout ce qui peut convenir à la Divinité : il n'y a plus après cela que les applications à faire, & l'on sait que les Grecs ne les ont pas épargnées.

Mais on devoit supposer que ce premier principe étoit très-ancien. Aussi Vénus passoit-elle pour la plus ancienne des Déesses, & il y a beaucoup d'apparence que son culte a été admis dans la Grèce, même avant celui de Jupiter. (1) On avoit une grande idée de sa puissance; outre les exemples que nous en avons déjà vus, les Poëtes pourroient nous en fournir plusieurs autres; (2) l'Auteur des Hymnes qu'on attribue à Homere,

Scholiast. Apollon. (qui cite Hésiode sur le 15e. vers du 3e. li. des Argon.)

Hymn. in Vener.

(1) Ἀλλὰ ἡ Διὸς ἐστὶ πρεσβυτέρα ἡ Ἀφροδίτη. Ἡσίοδος γὰρ αὐτὴν ἐκ τῶν αἰδοίων τοῦ Οὐρανοῦ φησὶ γενέσθαι. Δυνάμιας δὲ πολλῆς χρῆμα ἐρεθίσας.

(2) Ὦ δεινὰ Κύπρις. Euripid. Med.

Per Veneris feci Numina magna fidem.
Ovid. Amor. lib. 2. Eleg. 8.

Proh quanta potentia regni
Est Venus alma tui. Ovid. Met. lib. 3. Fab. 8.

Fénelon qui ne déprimoit pas les Anciens, parce qu'il les avoit étudiés, & qu'il savoit les apprécier, l'immortel Fénelon exprime la puissance de Vénus dans un discours qu'il lui fait adresser à Télémaque. » Ouvre ton cœur, dit-elle, aux plus douces espérances, » & garde-toi bien de résister à la plus puissante de toutes les Déesses, qui veut te rendre » heureux. *Telem. liv.* 4.

dit expreſſément que, pour le culte, elle a eu la préſéance ſur tous les Dieux, & que les mortels n'ont honoré aucune Divinité plus qu'elle. (1) Sapho lui adreſſant la parole : *Grande & immortelle Vénus*, dit-elle, *qui avez des temples dans tous les lieux du monde.* De là vient la quantité de ſurnoms Topiques qui lui avoient été donnés par les peuples qui avoient pour elle une vénération particulière. Nous rapporterons les plus remarquables en ſuivant ſimplement l'ordre Géographique.

Hymn. in Vener.

Elle fut nommée *Zerinthia* de l'antre ou de la ville de Zérinthe en Thrace, ſelon le Scholiaſte de Lycophron (2) & Bochart.

Phaleg. p. 397.

Les Athéniens, qui étoient ſi recommandables par leur piété envers les Dieux, rendoient ſans doute un culte particulier à Vénus, qui étoit la plus ancienne Divinité de la Grèce. De tous les temples qui lui ont été élevés dans l'Attique, le plus connu & le plus fameux étoit celui qui étoit placé ſur le Promontoire *Colias*, d'où la Déeſſe tira ſon nom. Strabon, Etienne de Byzance, Pauſanias & Euſtathe en parlent. On trouve dans le Scholiaſte d'Ariſtophane pluſieurs raiſons de ce ſurnom : la première c'eſt qu'un jeune homme de l'Attique ayant échappé à des voleurs à l'aide d'une femme qui l'avoit délivré des liens qui attachoient ſes membres κῶλα, il croyoit avoir obligation de ce ſecours à la Déeſſe, & qu'en conſéquence il l'avoit appellée Κωλιάς. La ſeconde raiſon, qui ne paroît pas plus ſolide que la première, eſt que le Promontoire reſſembloit

Pauſan. Attic.

Strab. lib. IX. p. 398. Stephan. Pauſan. Attic. p. 5. Euſtath. Iliad. 2. Schol. Ariſtoph. ad Nub.

(1) Πᾶσιν δ' ἐν νηοῖσι Θεῶν τιμάοχός ἐστὶ,
Καὶ παρὰ πᾶσι βροτοῖσι Θεῶν πρέσβειρα τέτυκται.
Hymn. in Ven. v. 31.

(2) Ἐν Θράκῃ ἄντρον, ἐν ᾧ Ζερυνθία Ἀφροδίτη τιμᾶται.

aſſez

aſſez à un membre viril. Enfin la troiſième, c'eſt qu'un corbeau ayant enlevé pendant un ſacrifice la partie antérieure de la victime, nommée Κωλὴ, l'avoit dépoſée en ce lieu. (1) Pour décider cette queſtion, qui d'ailleurs n'eſt pas fort importante, il s'agiroit ſeulement de ſavoir ſi c'eſt la Déeſſe qui a donné ſon nom au Promontoire, ou ſi elle ne le tenoit pas elle-même du Promontoire, ce qui paroît plus vraiſemblable.

Une des villes qui ſe ſoit le plus ſignalée par ſa vénération envers Vénus eſt celle de Corinthe. C'eſt pour cela qu'un Orateur a dit qu'elle étoit véritablement la ville de cette Déeſſe. (2) Euripide l'appelle de même ; & quoique Pégaſe ſoit ordinairement le type des médailles de Corinthe, on y voit auſſi ſouvent celui de Vénus. Son temple dans cette ville, étoit ſi riche & ſi fréquenté qu'il étoit deſſervi par plus de mille femmes que des perſonnes de différent ſexe lui avoient conſacrées. Le proverbe, *il n'eſt pas permis à tous d'aller à Corinthe*, vient, ſelon Strabon, de la facilité que trouvoient les étrangers de faire de grandes dépenſes dans cette ville, & ſur-tout de ſe ruiner avec les Prêtreſſes de Vénus. On peut voir dans Pauſanias la deſcription de tous les monumens que lui ont élevés les Corinthiens, & particulièrement celle du temple de Cenchrée, qui étoit apparemment ce magnifique temple dont parle Strabon, & le plus conſidérable de tous.

Ariſtid. p. 42.

Euripid. apud Strab. lib. VIII. p. 379.

Strab. lib. VIII. p. 378.

Corinthiac. p. 114.

Mais, quoique le verbe Κορινθιάζομαι ſoit pris dans une acception obſcène par Ariſtophane & d'autres Auteurs ; il eſt incertain ſi l'on doit en attribuer la cauſe au culte de Vénus établi à Corinthe, plutôt qu'au libertinage qui eſt néceſſaire-

Ariſtoph. in Plut. Heſychius. Stephan. Euſtath. ad Iliad. 2. 29.

(1) Meurſius dans ſon ouvrage intitulé *Piræus*, a fait un long article ſur le mot Κωλιάς.

(2) Ὡς εἶναι σαφῶς τε Ἀφροδίτης τὴν πόλιν, ἣν ἐμοὶ καὶ ἐπονομάζειν ἔπεισιν.

ment plus marqué dans les grandes villes. Cependant Athénée rapporte une ancienne loi établie à Corinthe, par laquelle il étoit ordonné, que dans les affaires d'importance où la ville devoit s'assembler pour adresser des prières à Vénus, on y admettroit solemnellement une certaine quantité de Courtisannes, qui non-seulement joindroient leurs prières à celles du public, mais qui resteroient encore dans le temple après les autres. En général, il est fort difficile de porter un jugement sur des coutumes qui étoient en pratique dans des temps si éloignés de nous, & la difficulté ne fait que s'accroître quand le sens des termes n'est pas bien déterminé ; car nous voyons que le mot ἑταίρα, qui est, selon quelques Écrivains, le synonime de πόρνη, est pris par Athénée lui-même dans une acception très honnête.

Athen. p. 571.

En Arcadie, Vénus étoit honorée sous le nom de Λαδωγενὴς, selon *Hesychius* & Phavorin, parce que c'étoit la tradition du pays, qu'elle étoit née près du fleuve Ladon. Elle avoit un temple sur le mont *Cotylius*, & un autre en Laconie, où elle étoit révérée sous le nom d'*Olympia*, soit que son culte fût venu d'Olympie, soit qu'il fût établi sur le mont Olympe en Laconie, soit enfin que par ce mot on eût entendu Vénus Céleste ou *Uranie*, comme on le voit dans le Poëte Proclus. (1)

Pausan. Arcad. p. 685.

In Lyciam Vener. Hymno Ultimo.

(1) Ὑμνέομεν Λυκίων βασιλεΐδα κυπραφροδίτην,
Ἧς ποτ' ἀλεξικάκοισι περιπλήθοντες ἀρωγῆς,
Πατρίδος ἡμητέρης θεοφράδμονες ἡγεμονῆες,
Ἱερὸν ἱδρύσαντο κατὰ πτολίεθρον ἄγαλμα,
Σύμβολ' ἔχον, νοεροῖο γάμου, νοερῶν ὑμεναίων,
Ἡφαίστου πυρόεντος, ἰδ' οὐρανίης Ἀφροδίτης
Καὶ ἑ θεὴν ὀνόμηναν Ὀλύμπιον.

L'épithète ΑΛΕΝΤΙΑ qu'on lit dans Lycophron, ou celle d'*Alesias*, qui est la même, lui fut donnée à cause du culte qu'on lui rendoit sur les bords du fleuve *Halesus*, qui arrose la ville de Colophon. Cassand.

Athénée nous apprend, que des Courtisannes avoient élevé plusieurs temples à Ephèse en l'honneur de Vénus, & que des femmes de la même profession, qui avoient suivi Periclès à Samos, lorsqu'il assiégeoit cette ville, avoient destiné le produit de leur prostitution, qui montoit fort haut, pour faire bâtir en l'honneur de la Déesse, qu'elles regardoient comme leur protectrice, une cehaplle assez considérable dans un lieu marécageux, où il se trouvoit beaucoup de roseaux. On sait que le culte de la Divinité tutélaire & principale d'un pays n'excluoit pas celui d'une autre Divinité. Ainsi, quoiqu'à Samos Junon fût adorée d'une manière plus spéciale, cela n'empêchoit pas que le culte de Vénus ne s'y fût introduit par des circonstances particulières. Il y eut dans cette isle une Vénus connue sous le nom de Dexicréon, certain charlatan, qui par des cérémonies superstitieuses passa pour avoir fait revenir les femmes de Samos du luxe & de la débauche auxquels elles étoient singulièrement adonnées. Il y a sur cela un autre sentiment proposé par Plutarque. Un marchand de Samos, nommé Dexicréon, fit un voyage en Cypre pour en rapporter des marchandises; mais y étant arrivé, & prêt à charger son vaisseau, Vénus lui ordonna de ne prendre que de l'eau, & de partir aussi-tôt. Cet homme fut docile, & en ayant fait provision, pour obéir à la Déesse, il s'embarqua. Peu de temps après, les autres navigateurs eurent besoin d'eau, il leur en vendit à tous, & fit un profit considérable. La reconnoissance le porta à faire ériger une statue à Vénus, qui en conserva le nom. Des détails aussi peu intéressans, ne mériteroient pas d'être

Lib. 13. c. 4.

Quæst. Græc. p. 305.

rapportés, si l'on ne se faisoit un devoir de ne rien omettre, pour se conformer aux loix prescrites par la savante Compagnie, qui a proposé la recherche des attributs & l'explication des noms de Vénus.

Celui de *Cnidia*, qu'elle reçut de la ville de Cnide, mérite plus d'attention, parce que la Vénus de Cnide dut sa célébrité à la fameuse statue que Praxitele en avoit faite pour les Cnidiens, ouvrage qui étoit regardé comme un des chef-d'œuvres de la Grèce. Cette statue avoit fait autant d'honneur à son Auteur, que le tableau de Vénus Anadyomène en avoit fait au Peintre Apelles. Ces deux monumens, la statue de Jupiter *Olympien* faite par Phidias, & quelques autres ouvrages de grands Maîtres, font voir que le talent des Artistes contribuoit beaucoup à la réputation de certaines Divinités, de même que les Oracles qu'elles étoient supposées rendre dans certains cantons. Praxitele, pour former sa Vénus, avoit été aussi curieux qu'Apelles de beaux modèles. Il importe fort peu de savoir si c'est Cratina ou Phryné qui lui servit pour cet objet; mais il avoit si bien imité la nature, que cette belle statue paroissoit comme animée, & qu'un jeune homme, dont on cite le nom, osa la souiller par ses embrassemens. L'épigramme qui a été faite en l'honneur de Praxitele à l'occasion de sa Vénus est très-ingénieuse, & elle auroit beaucoup plus de sel, si on n'avoit pas employé tant de fois la pensée qui la fait valoir. On fait parler Vénus, & en voici le sens :

Val. Maxim. lib. VIII. c. II. n°. 4. Plin. Hist. nat. lib. XXXVI.

Anthol. lib. IV. c. 12.

Pâris, Anchise & le bel Adonis
M'ont vu nue; mais j'ignore où
Et quand Praxitele a eu cet avantage.

S'il est vrai que Phryné ait servi de modèle à cet Artiste, comme le dit Athénée, & qu'il fût vraiment son amant, cette

L. XIII. p. 591.

circonftance étoit bien capable d'allumer en lui le feu du génie, & de lui faire produire ce chef-d'œuvre qui immortalifa fon Auteur, & rendit fi célébre la ville qui le poffédoit.

On faifoit le voyage de Cnide pour voir le temple de Vénus, qui étoit au milieu d'un bois charmant, & la ftatue de la Déeffe, dont Lucien fait la plus agréable defcription.

Lucian. Amor. tom. 2. p. 408. Id. Imagin. t. 2. p. 463.

Mais pour avoir une idée complette de la ftatue de Praxitele, il faut lire ce que Pline en a écrit dans le trente-fixième livre de fon Hiftoire Naturelle. (1) Paufanias fait mention du culte fingulier que les Cnidiens rendoient à Vénus. Ils lui ont dédié, dit-il, plufieurs temples où ils l'honorent fous différens noms; le plus ancien de tous eft celui de Vénus *Doritide*, (2) un autre fous celui de Vénus *Acréenne*, (3) un troifième, appellé communément le temple de Vénus *Cnidienne*, (4) quoique

Attic. p. 9.

(1) Praxitelis ætatem inter Statuarios diximus, qui marmoris gloria fuperavit etiam femet : opera ejus funt Athenis in Ceramico : fed antè omnia, & non folum Praxitelis, verum & in toto orbe terrarum, Venus, quam ut viderent multi navigaverunt Cnidum. Duas fecerat fimulque vendebat, alteram velata fpecie, quam ob id quidem prætulerunt, quorum conditio erat, Coï, cum alteram etiam eodem pretio detuliffet, feverum id ac pudicum arbitrantes : rejectam Cnidii emerunt, immenfa differentia famæ. Voluit etiam poftea a Cnidiis mercari Rex Nicomedes, totum æs civitatis alienum quod erat ingens, diffoluturum fe promittens. Omnia perpeti maluere, nec immeritò : illo enim figno Praxiteles nobilitavit Cnidum. Ædicula ejus tota aperitur, ut confpici poffit undiquè effigies Deæ, favente ipfa, ut creditur facto. Nec minor ex quâcumque parte admiratio eft. Ferunt amore captum quemdam, cum delituiffet noctu, fimulacro cohæfiffe, ejufque cupiditatis indicem effe maculam.

Plin. Lib. XXXVI.

(2) La ville de Cnide étoit en Doride, c'eft de là qu'eft formé ce nom.

(3) Jupiter, Junon, & plufieurs autres Divinités, ont reçu l'épitète d'Ἀκραῖος & d'Ἀκραία, qui a rapport aux Promontoires fur lefquels on les adoroit, ou aux citadelles qui étoient fous leur protection.

(4) C'étoit vraifemblablement dans ce temple qu'étoit placée la belle ftatue faite par Praxitele.

les Cnidiens eux-mêmes ne lui donnent point ce nom, mais celui d'*Euplæenne*. En effet, la Vénus de Praxitele étoit connue sous le nom de *Cnidienne*, parce que les Cnidiens la possédoient; mais ces peuples qui ne regardoient pas ce nom comme un attribut distinctif, lui en avoient donné un autre en l'honorant comme une Divinité propice aux Navigateurs; & c'est ce qu'ils entendoient par le nom Εὔπλοια. Il étoit bien naturel de croire qu'une Déesse qui tiroit son origine de la mer, & à laquelle on donnoit tant d'empire sur les eaux, pouvoit être favorable aux Navigateurs : cette opinion, qui étoit reçue chez les Grecs, fut aussi admise par les Romains. (1) Horace n'ignoroit pas combien étoit grande la vénération des Cnidiens pour Vénus, puisqu'en l'invoquant, il la nomme *Reine de Cnide*: (2) Elle étoit si renommée, que son culte s'étendit
Inscript. p. 127. fort loin hors de la Grèce. On lit dans Reinesius une inscription qui commence par ces mots :

BONÆ DEÆ
VENERI CNIDIÆ.

Du temps de Caracalla, le culte des Cnidiens envers leur ancienne Déesse subsistoit encore; car l'on connoît un médaillon
Cabinet du Roi. Voy. aussi Vaillant Numism. Græc. de Cnide frappé pour cet Empereur, où Vénus est représentée nue, cachant d'une main ce qui ne doit point être exposé à la vue, & de l'autre soutenant une légere drapperie au dessus d'un vase. Nous croyons intéresser les Artistes en leur mettant sous les yeux une copie de la Vénus de Praxitele, que

(1) *Pande, precor, gemino placatum Castore pontum*
Temperet æquoream dux Cytherea viam.
Numantian. in Itinere.

(2) O Venus Regina Cnidi.

l'on ne trouve peut-être ſur aucun autre monument. On ne frappoit des médaillons qu'à l'occaſion d'événemens conſidérables & dans des cas extraordinaires ; alors les villes avoient grand ſoin d'y faire repréſenter ce qui les intéreſſoit & ce qui pouvoit le plus contribuer à leur gloire. Il y a donc tout lieu de croire que celle de Cnide, en employant une Vénus pour type de celui-ci, aura choiſi la ſtatue qui lui faiſoit tant d'honneur, ou au moins une copie de cette ſtatue, ſi elle ne ſubſiſtoit plus elle-même.

Nous ne finirions pas ſi nous voulions parcourir tous les pays tant de la Grèce proprement dite, que de la Grèce d'Aſie où le culte de Vénus étoit établi : nous ne citerons plus que le nom de *Caſtnia* ou ΚΑΣΤΝΗΤΗΣ qu'elle reçut d'une montagne de Pamphylie, près de la ville d'*Aſpendus*. Il eſt cité dans Callimaque & dans Lycophron.

Il eſt inutile d'inſiſter ſur quelques épithètes comme celle de Ξείνη ou de *Peregrina*, de Πλινθία, de Πρᾶξις, & autres auſſi Herodot. lib. 2. c. 12. Reineſ. p. 128.

Pausan. Arcad. Id. Attic. peu intéressantes, qu'elle ne reçut que par occasion, & qui n'ont point de rapport à ses attributs. Celle de *Callipyge*, qui est de cette espèce, est plus remarquable en ce qu'il existe des statues qui la représentent. C'est la Vénus connue parmi les Artistes modernes sous le nom trivial de *Vénus aux belles fesses*. Lib. XII. p. 554. Athénée en raconte l'histoire. Deux paysannes d'une grande beauté se disputoient l'avantage d'être le mieux conformées dans la partie qui a donné lieu au surnom dont nous venons de parler. Elles se soumirent au jugement d'un jeune-homme qu'elles rencontrérent sur le grand chemin, & après une comparaison scrupuleuse, le nouveau Pâris se décida pour la plus jeune dont il devint amoureux. De retour à la ville, il fit part de cette aventure à son frere, qui s'achemina aussitôt vers la maison de ces filles, trouva l'aînée fort belle, quoiqu'elle n'eût pas remporté le prix, & elle gagna tout à la fois son suffrage & son cœur. Le pere des jeunes gens leur conseilla de chercher un parti plus digne d'eux; mais ne pouvant les faire renoncer à leur inclination, il se rendit enfin à leurs prières, demanda le consentement du pere des deux filles, & l'on croit bien qu'elles ne refusérent pas le leur. Les gens du pays les appellérent *Callipyges*, & ce fut en mémoire de cet événement que l'on bâtit un temple à Vénus sous ce titre. Athénée ne nous apprend point par qui les frais en furent faits; il remarque seulement que l'amour du plaisir qui regnoit dans ce temps-là n'en fut pas la moindre cause.

Cette circonstance, aussi plaisante que singulière, nous a fourni au moins une belle statue (1) & une bonne épigramme. (2)

(1) On la voit à Rome dans la Farnésine.

(2) Πυγὰς αὐτὸς ἔκρινα τριῶν. εἵλοντο γὰρ αὐταὶ
Δειξάσαι ΓΥΜΝΩΝ ἀστεροπὴν μελέων.

Quand

QUAND les Romains, imitateurs des Grecs, ne ſe ſeroient pas conformés aux coutumes de ceux-ci pour ce qui regarde en général le culte religieux; il ne ſeroit pas étonnant qu'ils euſſent adopté leurs idées ſur la Divinité de Vénus dont ils ſe glorifioient de tirer leur origine. Nous ne rappellerons point ce que nous avons eu occaſion d'en dire: nous verrons ſeulement quelles furent les différentes circonſtances qui favoriſérent l'extenſion de ſon culte chez les Romains ou chez d'autres peuples d'Italie, & qui augmentérent la liſte de ſes ſurnoms.

C'eſt peut-être parce que les Romains la regardoient comme leur Mère, qu'ils lui élevérent un temple dans la voie Sacrée ſous le titre de *Romana*. Prud. in Symmach.

Le Capitole étoit comme un Sanctuaire où les principales Divinités de Rome avoient des temples, des ſtatues & des autels. Les motifs qui avoient porté à y établir leur culte furent ſans doute les mêmes, qui firent donner à quelques-unes le nom de la montagne, où le peuple ſe raſſembloit pour leur rendre des hommages. Jupiter, Junon, Minerve y étoient honorés d'une manière ſpéciale. Vénus y eut une chapelle

Καὶ ῥ ἡ μὲν τροχαλοῖς σφραγιζομένη γελασίνοις,
Λευκὴ ἀπὸ γλουτῶν ἤνθεεν ΕΥΑΦΕΩΝ.
Τῆς δὲ ΔΙΑΙΝΟΜΕΝΗΣ φοινίσσετο χιονέη σὰρξ
Πορφυρέοιο ῥόδου μᾶλλον ἐρυθροτέρη.
Ἡ δὲ γαληνιόωσα χαράσσετο κύματι κωφῷ,
Αὐτομάτη τρυφερῷ χρωτὶ σαλευομένη.
Εἰ ταύτας δὲ θεῶν ὁ κριτὴς ἐθεάσατο πυγὰς,
Οὐκέτ' ἂν οὐδ' ἐσιδεῖν ἤθελε τὰς προτέρας.

Toup. in Suidam P. 3. & 4. p. 86.

dont il est parlé dans Suétone : Galba, selon le même Auteur, lui fit présent d'un collier fort précieux. Elle y fut encore révérée sous le titre de *Calva*, parce que les Dames de Rome, pendant le siége du Capitole, avoient bien voulu se priver de leurs cheveux, qu'elles coupérent pour servir aux machines de guerre ; trait de générosité dont on conserva la mémoire par l'édifice élevé en l'honneur de Vénus. On la nomma *Calva* pour faire entendre que le sacrifice que les Dames avoient fait, pour le salut de la patrie, d'un ornement si cher, ne les en rendoit pas moins aimables qu'auparavant. Cet événement fortuit occasionna un usage permanent : les femmes qui devenoient chauves, lui consacroient leur peigne comme un instrument qui leur devenoit alors inutile.

In Caligul. c. 7. n°. 1. Id. in Galba, c. 18. n°. 5.

Veget. lib. IV. n°. 9. Nardin. Rom. Vet. Lipen. de Stren. Marlian. &c.

Codin. de Orig. Constantin. p. 14. Suidas.

Sur l'épithète de *Cluacina*, il suffit d'alléguer le témoignage de Pline. Il dérive ce nom de *Cluere*, qui signifie faire une expiation, & il dit que celle qui avoit été faite au lieu où les Romains & les Sabins avoient mis bas les armes, après avoir combattu pour l'enlévement des Sabines, avoit engagé à nommer *Cluacina* la statue de Vénus qui y fut placée. C'est la véritable orthographe de ce nom qui est justifiée par Plaute ; (1) celle de *Cloacina* ne doit point être admise ; elle se trouve dans Lactance, & quelques Écrivains Ecclésiastiques qui semblent ne l'avoir adoptée que pour déprimer, à l'occasion de l'étymologie qu'ils en donnent, une Divinité des Anciens. Si la statue ou l'image de ce qui fait l'objet du culte des Chrétiens se trouvoit dans des ruines, comme il y en a plus d'un exemple, cet accident devroit-il dégrader l'idée qu'ils s'en feroient formée, & la rendre moins respectable à leurs yeux ?

Lib. XV. c. 29.

Lactant. lib. 1. Tertullian. de Pall. Cyprian. de Idol. Van. Aug. de Civ. Dei. Min. Felix. c. 25.

(1) *Qui perjurum hominem vult convenire, mitto in comitium :*
Qui mendacem, & gloriosum, apud Cluacinæ sacrum.

Les Auteurs ſont partagés ſur la véritable place du temple de Vénus *Cluacina*, mais nous ne nous arrêterons point à une diſcuſſion ſi peu néceſſaire, & nous croyons qu'il ſeroit ſuperflu de faire l'énumération de tous les autres temples qui lui furent élevés dans Rome, & que l'on trouve décrits par les Auteurs qui ont fait la Topographie de cette ville.

Une inſcription qui commence par les mots *Veneri Gabinæ & Albanæ ſanctæ*, prouve que cette Déeſſe étoit honorée en d'autres lieux d'Italie qu'à Rome. Murat. Inſcript. tom. I. p. LVIII. n°. 3.

Les Siciliens ſurtout ſe diſtinguérent par leur reſpect envers Vénus, & l'on peut mettre le temple qu'elle avoit ſur le mont *Eryx* au nombre des plus fameux de l'Antiquité. Voici ce qu'en rapporte Diodore de Sicile. Eryx, homme très-illuſtre, Lib. IV. fut fils de Vénus & de Buta, Roi d'un petit pays de la Sicile. La naiſſance d'Eryx fut cauſe qu'une partie des Siciliens le choiſirent pour Roi. Il bâtit ſur une hauteur une ville conſidérable à laquelle il donna ſon nom; & au milieu de la citadelle, un temple qu'il dédia à ſa mere, & qu'il enrichit d'un grand nombre de préſens magnifiques. Les honneurs que Vénus reçut de ſon fils & la vénération que les peuples avoient pour elle, lui furent ſi agréables, qu'elle préféra cette ville à toutes les autres, & qu'elle voulut même porter le ſurnom d'*Erycine*. De tous ceux qui examineront de près la fortune de ce temple, il n'y en aura aucun qui n'en ſoit étonné; car tous les autres, après avoir eu de la réputation pendant quelque temps, l'ont enfin perdue ou toute entière, ou en partie, par différentes révolutions; au lieu que celui-ci, quoique très-ancien, n'a jamais ceſſé d'être célébre; & même ſa réputation s'eſt toujours accrue. Depuis Eryx, Énée qui alloit en Italie, ayant relaché en Sicile, laiſſa de grands dons à ce temple, comme étant auſſi fils de Vénus. Pendant pluſieurs générations les Siciliens ont offert à Vénus *Erycine* quantité de sacrifices & de présens. Dans la suite les Carthaginois s'étant rendus maîtres d'une partie de cette isle, ont entretenu le culte de la Déesse avec beaucoup de pompe. Enfin les Romains ayant soumis à leur domination la Sicile, ont surpassé en cela toutes les nations qui avoient possédé l'isle avant eux. Ils s'y croyoient plus obligés que d'autres, car rapportant leur origine à cette Déesse, & lui attribuant le succès de toutes leurs entreprises, il étoit juste qu'ils lui en marquassent leur reconnoissance. A présent même, lorsque leurs Consuls, leurs généraux, en un mot tous ceux qu'ils envoyent en Sicile revêtus de quelque dignité sont arrivés à Eryx, ils offrent de magnifiques sacrifices dans le temple de Vénus : se dépouillant ensuite de cette gravité qui convient à leur caractère, ils se mêlent dans les assemblées de femmes, & s'entretiennent familièrement avec elles, croyant par cette manière gagner les bonnes graces de la Déesse, & lui faire agréer leur domination. Enfin le Sénat, pour signaler sa piété, a ordonné que dix-sept des villes de Sicile qui lui étoient les plus fidelles, apporteroient de l'or dans son temple, & qu'il seroit toujours gardé par deux cens hommes. Ses richesses furent néanmoins pillées par les Gaulois.

Polyb. lib. 2. c. 7.

Cicero Orat. contrà Cæcil. Quæst. cap. 16.

Les femmes qui étoient au service de Vénus *Erycine* étoient appellées *Libertæ Veneris Erycinæ*. Elles existoient encore du temps de Strabon; mais elles étoient bien moins nombreuses, & leur sort étoit fort changé. Le mont Eryx, dit ce Géographe, tout élevé qu'il est, a des habitans. On y voit un temple de Vénus de la plus grande célébrité, lequel abondoit autrefois en femmes employées au service de la Déesse, & qui lui étoient offertes non-seulement par les Siciliens, mais encore par différentes nations; maintenant que la ville n'a plus tant d'habitans, le temple & les Ministres se

Strab. lib. v. p. 272.

reſſentent de cette différence. La ſtatue de cette Déeſſe eſt auſſi à Rome avec le même titre d'Erycine devant la porte nommée *Collina*, & ſon temple y eſt entouré d'un portique magnifique.

On peut conclure de ce récit que c'eſt d'après le modèle du temple de Vénus *Erycine* en Sicile, que l'on en a élevé un à Rome tout-à-fait ſemblable. C'eſt vraiſemblablement le deſſin de cet édifice que l'on a voulu tracer ſur une médaille de la famille *Conſidia*, publiée par Vaillant & Paruta. D'un côté elle préſente la tête de Vénus : au revers eſt un temple élevé ſur une montagne environnée d'une vaſte enceinte ; on y lit les lettres ERVC, qui ſont le commencement du nom de la ville ou de la montagne.

On connoît encore deux autres médailles de la ville d'Eryce, ſur chacune deſquelles on voit une colombe. Quoique cet oiſeau ſoit conſacré à Vénus, c'eſt cependant un motif particulier qui l'a fait repréſenter ſur les médailles d'Eryce. Athénée le rapporte en ces termes. Dans la ville d'Eryx, il y a de certains jours nommés *Anagogia*, c'eſt-à-dire, *les jours du départ*, que Vénus, ſelon la tradition, choiſit pour aller en Afrique. Alors on n'apperçoit aucune colombe dans le pays, comme ſi elles l'euſſent quitté pour accompagner la Déeſſe. Neuf jours après, temps du retour, & que l'on nomme pour cela *Catagogia*, une colombe ſeule, précédant toutes les autres, & ſemblant an- Lib. IX. p. 394.

noncer ce retour, va se reposer dans le temple, où elle est bientôt suivie de celles qui étoient restées, & cet événement répand une joie singulière parmi les habitans. Elien raconte deux fois la même histoire sans y mettre de différence, si non qu'il ajoute que l'on offroit à cette occasion des sacrifices.

Var. Histor. lib. I. cap. 15. Histor. Animal.

Ce temple fameux, & l'un des plus célèbres des Anciens, ne fut pas renversé la nuit de la naissance de Jésus-Christ, comme l'a conjecturé un Auteur moderne, sans doute amateur du merveilleux, mais il se dégrada par vétusté. Tacite dit que Tibére le fit réparer, Suétone en attribue la gloire à Claude, ce qu'il seroit fort aisé de concilier, si Tibére avoit commencé l'ouvrage, & que Claude l'eût achevé. Selon *Pomponius Mela*, Denys & Hygin, Énée seroit le fondateur du temple; l'un d'eux assure même que Vénus fut nommée *Æneia* & non *Erycina*. Cependant si l'autorité d'un Historien est préférable à celle d'un autre, nous admettrons plutôt le témoignage de Diodore, parce qu'il étoit plus à portée de connoître la tradition de son pays. Virgile (1) & Horace (2) ont célébré Vénus *Erycine*, le premier ayant égard au culte qui lui étoit rendu en Sicile, le second, la considérant comme une Divinité de Rome. Quelques Auteurs sont partagés sur la véritable place de son temple, quoique Strabon, déjà cité, & Ovide (3) ne laissent nullement douter de sa position près de la porte appellée *Collina*.

Acta Erudit. mens. April. an. 1710. pag. 158. Annal. IV. 43. Suet. in Claud. XXV.

Dionys.

Panvin. de Lud. Circens. Georg. Fabric.

(1) *Tunc vicina astris Erycino in vertice sedes*
Fundatur Veneri Idaliæ.
Æneid. V. v. 759.

(2) *Sive tu mavis Erycina ridens,*
Quam Jocus circumvolat & Cupido.
Lib. I. Od. 2.

(3) *Est propè Collinam templum venerabile portam.*
Imposuit templo nomina Celsus Eryx.
Remed. Amor. v. 549.

Il seroit possible néanmoins qu'il y eût eû deux temples de ce nom dans Rome. Nous l'apprenons en effet de Tite-Live, qui parle d'un temple de Vénus *Erycine*, dont Fabius fit la dédicace au Capitole, & d'un autre temple de la même Déesse, dont L. Porcius fit la dédicace près de la porte nommée *Collina*; & ailleurs il dit qu'un débordement du Tibre, dont le Cirque fut inondé, avoit forcé d'indiquer la célébration des jeux *Apollinaires* près du temple de Vénus *Erycine*, *extrà portam Collinam*. Cette question, qui avoit divisé tant de Critiques, n'étoit donc pas si difficile à résoudre. Nous croyons devoir relever ici Vitruve, qui soutient que c'étoit une coutume observée de toute antiquité, de bâtir les temples de Vénus hors de la ville, afin d'ôter aux jeunes gens & aux mères de famille, par cet éloignement, plusieurs occasions de débauches. Outre les exemples du contraire, qui ont été produits dans ce Mémoire, il seroit possible d'en citer encore s'il en étoit besoin.

Lib. XXX. c. 31.

Lib. XL. c. 34.

Lib. XXX. c. 38.

Lib. I. c. 7.

Il s'est trouvé des Auteurs qui ont confondu sans raison la Vénus *Verticordia* avec celle qui étoit surnommée *Erycina*, quoiqu'elles fussent fort distinguées l'une de l'autre. Un de ces Auteurs, dont l'ouvrage a été publié par Sallengre raconte de Vénus *Erycine* tout ce qui a été dit de Vénus *Verticordia* par Valere Maxime, qu'il ne cite point. Il n'est pas si aisé de deviner sur quelle autorité il se fonde, lorsqu'il dit que c'étoit la coutume de lui offrir au mois d'Août l'image d'un membre viril; que malgré le peu de décence qui paroissoit être attaché à cette cérémonie, c'étoit néanmoins la femme ou la fille la plus chaste qui étoit choisie pour en faire les honneurs, & qu'elle seule avoit le droit de toucher à l'offrande, pour la déposer ensuite dans le sein de la Déesse.

Faunus apud Sallengr. Antiq. t. I. p. 197. 198.

Muratori a publié une inscription qui contient un vœu fait à Vénus Erycine : ce Savant avoue qu'elle lui paroît suspecte.

P. 127. Mais on en lit une autre dans Reinesius, qui a été trouvée sur le mont *Eryx* même, & qui par conséquent doit être authentique ; elle est conçue en ces termes :

DEÆ VENERI ERYCINÆ
SACRUM.

Le culte de Vénus en Sicile nous rappelle qu'elle y étoit encore honorée sous le titre de *Longuria*, d'un Lac nommé *Longurus*. Lycophron est le seul Auteur qui en parle. Ces sortes de surnoms isolés, quand ils ne sont point accompagnés de circonstances remarquables, & qu'ils ne tiennent point à des coutumes particulières, ne méritent guères que l'on s'y arrête. Si nous en avons omis quelques-uns, ils ne peuvent être que de cette espèce.

NOUS terminerons nos recherches par quelques observations sur certains attributs de Vénus dont nous n'avons pas eu occasion de parler, & dont on sentira encore mieux l'analogie, après toutes les notions qui ont été données de la Divinité à laquelle ils conviennent.

Parmi les plantes, le myrte lui étoit consacré, comme le laurier à Apollon, la vigne à Bacchus, le peuplier à Hercule. (1) Les différentes raisons que l'on en rapporte, sont que cet arbuste est dans la classe des Aphrodisiaques, qu'il est d'une forme & d'une odeur très agréables, qu'il croît aisément sur le bord de la mer. Servius en donne une autre raison prise de la fable de Myrrha. Le dernier sentiment est celui d'Ovide,

Phurnut. edit. Gal. p. 65.

In lib. v. Æneid. v. 72.

(1) *Populus Alcidæ gratissima, vitis Iaccho,*
Formosæ myrtus Veneri, sua laurea Phœbo.
Virgil. Eclog. VII. v. 62.

qui

qui dit que la Déesse ayant été apperçue par des Satyres lorsqu'elle séchoit ses cheveux sur le rivage, trouva le moyen d'échapper à leurs regards lascifs en se couvrant de myrte. (1) Mais la raison du Scholiaste de Nicandre, qui nous apprend qu'elle fut couronnée de myrte, après sa victoire sur Junon & sur Pallas, paroîtroit encore la plus vraisemblable. Virgile en parlant de la couronne de myrte dont Énée se ceignit le front en offrant un sacrifice pour son père, & désignant ailleurs celle qui seroit destinée à César comme nouveau Dieu, fait allusion à la consécration de cet arbuste à Vénus, en se servant de l'expression *myrtus materna.* Dans les fêtes galantes, les jeunes gens de l'un & de l'autre sexe se rassembloient, selon le langage des Poëtes, sous des bocages de myrte, ils en formoient des couronnes : & les amans malheureux se promenent encore dans les Enfers au milieu d'une forêt de myrte. Les femmes qui adoroient la Bonne Déesse ornoient sa chapelle de toutes sortes de fleurs & d'arbrisseaux, excepté de myrte, parce qu'il étoit consacré à Vénus, suivant Plutarque, dans lequel on trouve le récit d'une plaisante histoire à ce sujet. On voit aussi dans Lucien & dans Athénée combien le myrte étoit cher à la Déesse.

In Alexipharmac.

Æneid. V. v. 72.
Georgic. I. v. 28.

Pervigil. Veneris.

Æneid VI. v. 443.
Tibull. lib. I. Eleg. III. v. 66.

Plutarch. Quæst. Roman.
Lucian. Icaromen.
Athen. lib. XV. cap. 6.

Nous ne connoissons point de monumens où Vénus paroisse représentée avec son arbrisseau favori, si l'on en excepte une

(1) *Rite Deam Latiæ colitis matresque nurusque;*
Et vos queis vittæ longaque vestis abest.
Aurea marmoreo redimicula solvite collo:
Demite divitias: tota lavanda Dea est.
Aurea siccato redimicula reddite collo.
Nunc alii flores, nunc nova danda rosa est.
Vos quoque sub viridi myrto jubet illa lavari:
Caussaque cur jubeat, discite, certa subest.
Littore siccabat rorantes nuda capillos.
Viderunt Satyri, turba proterva, Deam.
Sensit, & apposita texit sua corpora myrto.
Tuta fuit facto: vosque referre jubet.
Fast. lib. IV. v. 133

Muf. Florent. tom. 2. Gemm. Antiq. pl. 72. Beger Gemm. & Numif. p. 409. Varro, lib. 4. de L. L. Plin. lib. XII. c. 1. & XV. c. 29. Livius, lib. 1. Patin Commentar.

pierre gravée publiée par Gori, & une médaille expliquée par Beger. Nous ne les citons que fur la foi de ces Auteurs, fans ofer en garantir l'authenticité. Vénus étoit honorée à Rome fous le titre de *Murtia* ou de *Myrtea* dans l'onzième quartier. Quelques-uns l'ont furnommée *Murcea* (1) par oppofition à *Strenua*; le mot *Murcea* paroît être néanmoins une corruption de celui de *Murtia*.

Anacr. Od. 53. Conft. Cæf. L. II. c. 18. Bion. Epithal. Adon. Ovid. Metam. lib. X. v. 728.

La rofe n'étoit pas moins chère à Vénus que le myrte, ou parce que cette fleur paffe pour la Reine des autres, & qu'elle fait l'ornement des jardins; ou parce qu'elle fut produite lorfque la mer fit naître de fon écume la belle Vénus, & qu'elle la fit fortir du milieu de fes flots; ou parce que cette fleur, qui étoit blanche d'abord, fut teinte du fang qui fortit du pied de la Déeffe bleffée d'une épine, ou enfin parce qu'elle eft née du fang d'Adonis. (2) Nous ne rapporterons point toutes les autres origines de la rofe; il fuffit de dire avec Anacréon, qu'elle eft le parfum des Dieux, la joie des hommes, l'ornement des Graces dans la faifon fleurie des amours, qu'elle fait les délices de Vénus, & que l'on prend plaifir à la cueillir, même en fe piquant à fes épines. Delà l'ufage des couronnes de rofes en tant de circonftances, delà les préfens de rofes que les amans faifoient à leurs maîtreffes, delà en un mot la fuperftition fingulière de frapper fur fa main avec des feuilles de rofes repliées pour juger du fuccès de fes amours. C'eft d'après ces idées que les Auteurs de l'antiquité, & furtout les Poëtes ont formé avec une forte de complaifance des couronnes de rofes pour Vénus, & qu'ils en ont orné fes beaux cheveux.

Anacr. Od. 53. Martian. Capell. lib. 1. Euripid. Med. Act. 3. de Ven. Propert. l. 1. Val. Flac. l. VIII. Argon.

Dans la defcription que fait Anacréon d'un difque où la Déeffe

(1) Quafi marcidos efficiens viros.

(2) At cruor in florem mutabitur.

étoit repréſentée au milieu des mers, ce Poëte dit qu'elle fend, avec une gorge de roſe, les flots où elle brille comme un lis parmi les violettes. (1) Virgile la peint avec une tête couleur de roſe, (2) & ailleurs avec des lèvres de même couleur, (3) ce qui eſt plus naturel; mais il eſt évident que dans ces manières de parler, les Poëtes ont pris la partie pour le tout. Apulée lui donne des pieds de roſe, il lui en couvre même tout le corps. (4) Comme la roſe offre la plus belle des couleurs, il étoit naturel qu'elle fut affectée à la plus belle des Déeſſes. C'eſt cette couleur précieuſe, ſymbole de la pudeur qui ſied ſi bien aux jeunes perſonnes, principalement à celles du ſexe. Apul. Met. L. 4.

Il ſemble que ce ſoit pour unir les roſes aux lis que l'on ait conſacré pareillement cette dernière fleur à la Déeſſe de la beauté, à laquelle Anacréon la compare; cette idée au moins ſeroit plus honnête que la raiſon qu'en donne un Auteur cité par Athénée, raiſon priſe d'un ſigne qui eſt au milieu de la fleur, & que nous nous diſpenſons de nommer par reſpect pour nos Lecteurs. (5) Athen. L. XV. p. 683.

On mettoit le pavot au nombre des attributs de Vénus, comme étant le ſymbole de la fécondité & de la population. Les amans ſe Porphyr. apud Euſeb. Præpar. Ev. lib. III. c. XI.

---

(1) Ῥοδέων δ' ὕπερθε μαζῶν,
Ἁπαλῆς ἔνερθε δειρῆς,
Μέγα κῦμα πρῶτα τέμνει
Μέσον αὔλακος δὲ Κύπρις,
Κρίνον ὡς ἴοις ἑλιχθὲν,
Διαφαίνεται γαλήνας.

Od. 51.

(2) *Dixit & avertens roſeâ cervice refulſit.* Æneid. 1.

(3) *--roſeoque hæc inſuper addidit ore.* Æneid. 2.

(4) Totum revincta corpus roſis micantibus. *Apul. Met. lib. 6.*

(5) --- Πολλῆς δέ γε χάρμ' Ἀφροδίτας
Ἤριπε γὰρ χροιῇ τὸ δέ σου ἐπὶ μέσσῳ ἔνειδες
Ὅπλον βρωμήταο διεκτίλλει περάτισαι.

Papaver ex omni antiq. erut. Theocrit. Idyll. 2. v. 30.

Pauſan. Corinthiac. p. 134.

Colut. de rapt. Helen. v. 167. Scholiaſt. Ariſtoph. in Nub.. act. 3 ſcen. 3. ad v. 37. Théocrit. Idyll. 2. v. 121. Lucian. in Toxari. Propert. lib. 2. eleg. ult. v. 71. Philoſtrat. Icon. tit. Amores. Suidas, verb. μῆλα. Eraſm. Chiliad. 2. Cent. 4.

Phurnut. édit. Gal. p. 65.

Anacr. Od. IX.

ſervoient de ſes feuilles pour ſavoir s'ils n'étoient point oubliés des perſonnes dont ils avoient intérêt d'être aimés. On en faiſoit auſſi des couronnes pour les nôces en ſigne de fécondité. A Sicyone, on voyoit une ſtatue d'yvoire de Vénus qui tenoit d'une main des têtes de pavot, & de l'autre une pomme.

En effet, ce dernier fruit lui étoit auſſi conſacré. La pomme qu'elle reçut de Pâris, lorſque ce Troyen lui décerna le prix de la beauté, en feroit une raiſon ſuffiſante. D'ailleurs c'étoit un ſigne d'amour. Les amans, chez les Grecs & les Romains, avoient coutume d'en faire préſent à leurs maîtreſſes plutôt à cauſe de l'idée que l'on y attachoit, ſans doute, que pour le préſent en lui-même qui paroîtroit un peu modique de nos jours. Le proverbe μήλῳ βληθῆναι marquoit une invitation de galanterie; & Virgile y fait alluſion lorſqu'il dit:

Malo me Galathea petit laſciva puella
Et fugit ad ſalices, & ſe cupit antè videri.

Le myrte, la roſe, le lis, le pavot & les pommes, quoique d'éſpèces très différentes, convenoient néanmoins à Vénus par de certains rapports. Il en eſt de même de trois eſpèces d'oiſeaux que les Anciens ont ſouvent attelés à ſon char. Perſonne n'ignore que la colombe étoit deſtinée à cette fonction. La prédilection de Vénus pour les colombes vient, ſelon quelques-uns, de leur aptitude au plaiſir & de la manière voluptueuſe dont elles ſe careſſent; d'autres l'attribuent à leur ſingulière fécondité. C'eſt une choſe fort commune que de voir le char de Vénus tiré par des colombes. Les Poëtes nous les ont ſouvent repréſentées comme étant de l'appanage de cette Déesse. (1) Sapho qui savoit aussi-bien que d'autres ce qui concerne ces matières, a mieux aimé faire servir Vénus par des moineaux. Cette femme étonnante, dont on regrettera si long-temps les ouvrages, avoit sans doute des raisons pour préférer les moineaux aux colombes : on connoît toute l'ardeur de ces petits oiseaux dans leurs amours. C'est par l'intérêt que Catulle savoit que Vénus y prenoit, qu'il l'invite, ainsi que Cupidon, à partager sa douleur sur la mort du moineau de Lesbie.

Hym. in Ven. Athen. p. 891.

Enfin les cygnes, ces oiseaux favoris d'Apollon, ont aussi été honorés du noble emploi de promener Vénus dans son char. (2)

Il seroit étonnant que les Poëtes, en célébrant la Déesse de la beauté, eussent négligé de parler d'un ornement qui lui est essentiel, surtout dans les femmes, & qu'ils n'eussent rien dit de sa belle chevelure. Aussi *Coluthus* (3) & le Poëte

---

(1) *Vix ea fatus erat, geminæ cum forte columbæ*
Ipsa sub ora viri cælo venere volantes,
Et viridi sedere solo, tum maximus heros
Maternas agnoscit aves.

Æneid. VI.

Et Veneris dominæ volucres, mea turba columbæ.

Propert. lib. III. El. 3. v. 31.

(2) *Illa quidem monuit, junctisque per aera cycnis*
Carpit iter. Ovid. Met. lib. X.
Vecta levi curru, medias Cytherea per auras
Cypron olorinis nondùm pervenerat alis.

Idem. ibid.

--- *Quæ Cnidon*
Fulgentesque tenet Cycladas & Paphon
Junctis visit oloribus.

Horat. lib. 3. Carm. Od. 28.

Et molles agitat Venus aurea Cycnos.

Stat. lib. 3. Sylv.

(3) Οὔπω καλλικόμοιο μεθ' ἁρμονίην Ἀφροδίτης.

Epiménide (1) lui donnent-ils l'épithète de Καλλίκομος. Junon & Minerve délibérant sur les moyens de favoriser Jason dans l'entreprise qu'il avoit formée d'enlever la Toison d'or, conviennent d'aller trouver Vénus, & de la prier d'engager son fils à inspirer de l'amour à Médée pour le Chef des Argo-
Argonaut. L. III. v. 46. nautes. Alors, en entrant chez la Déesse, dit Apollonius, elles la trouvérent disposant elle-même avec un peigne d'or, ses cheveux flottans sur ses belles épaules, pour les friser ensuite en longues boucles. (2) Claudien paroît avoir imité
De Nupt. Honor. & Mar. v. 99. cette pensée d'Apollonius, lorsqu'ayant fait passer les mers à Cupidon pour aller en Cypre annoncer à sa mère le pouvoir qu'il exerce sur le cœur d'*Honorius*, il suppose que ce Dieu la trouve à sa toilette au milieu des Graces occupées à la ser-
p. 551. vir. (3) Spanheim, dans ses Observations sur l'Hymne de Callimaque en l'honneur de Pallas, fait mention d'une médaille de Marc-Aurele frappée à Laodicée, dont le type offre Vénus se peignant : il ajoute que cette médaille se trouve dans le Cabinet de Florence. Nous ne la connoissons pas, & il est bien sûr qu'un type semblable, au revers d'une tête d'Em-
Vaillant Num. Græc. p. 80. pereur, n'est pas ordinaire. Vaillant en a cité une autre de *Julia*, femme de Septime Sévére, qui présente, selon lui, le

(1) Voyez le passage de ce Poëte cité à la page 5, note (1).

(2) Λευκοῖσι δ' ἑκάτερθε κόμας ἐπιειμένη ὤμοις,
Κόσμει χρυσείῃ διὰ κερκίδι. μέλλε δὲ μακροὺς
Πλέξασθαι πλοκάμους.

(3) *Cæsariem tunc fortè Venus subnixa corusco*
Fingebat solio ; dextrâ levâque Sorores
Stabant Idaliæ : largos hæc nectaris imbres
Irrigat : hæc morsu numerosi dentis eburno
Multifidum discrimen arat : sed tertia retrò
Dat varios nexus, & justo dividit orbes
Ordine, neglectam partem studiosa relinquens.

même type ; il conviendroit mieux, en effet, à une Impératrice ; mais il eſt douteux que la deſcription qu'il en fait ſoit exacte. Au reſte, cette médaille aſſez rare, a été gravée dans le recueil de Geſner, & publiée par Havercamp ; comme elle a certainement quelque rapport à Vénus, nous avons cru pouvoir la placer ici. Cabinet de la Reine Chriſtine.

La belle chevelure dont les Poëtes ont orné Vénus, & le ſoin particulier que cette Déeſſe étoit ſuppoſée en prendre, a fait mettre vraiſemblablement ſous ſa protection les femmes nommées *Pſecades*, dont la fonction étoit de coiffer les Dames & de les parfumer. L'inſcription ſuivante peut faire croire que Vénus étoit leur Divinité tutélaire.

VENERI SACRVM CASSIA I. L. PSECHAS. Reineſ. p. 124.

Le miroir doit être regardé par conſéquent comme un de ſes attributs. C'eſt pourquoi Sophocle voulant peindre la Volupté & la Vertu ſous l'allégorie de Vénus & de Pallas, il repréſente la première employant des parfums précieux & ſe contemplant dans un miroir, tandis que l'autre ſe frotte d'huile & s'applique aux exercices du corps. Apulée décrivant la pompe avec laquelle Vénus paroît ſur la mer, dit qu'elle eſt accompagnée de Néréides & de Tritons qui s'empreſſent de lui rendre leurs devoirs, & que l'un de ces Tritons tient un

Apud Athen. lib. xv. p. 687.

miroir ſous les yeux de la Déeſſe. (1) On voit dans les Antiquités d'*Herculanum* une jeune femme aſſiſe, tenant un miroir dans lequel elle ſe regarde, & de l'autre main ſoulevant une treſſe de ſes cheveux : nous ne ſommes point éloignés de croire que c'eſt Vénus, ainſi que le penſent les Éditeurs de l'ouvrage.

Ce ſujet a été traité par des Artiſtes modernes, & le tableau du Carache, appartenant à Mgr. le Duc d'Orléans, eſt bien digne d'être propoſé pour modèle. On y voit la Déeſſe aſſiſe : deux des Graces debout autour d'elle ſont occupées à treſſer ſes cheveux, & la troiſième lui préſente un miroir. Les gens de l'art pourroient louer avec raiſon la correction du deſſin, & décrire toutes les beautés de ce tableau ; nous croyons même que c'eſt aſſez en faire l'éloge, que d'indiquer la riche collection dans laquelle il ſe trouve & que de nommer le Peintre. Nous remarquerons cependant que le miroir n'eſt pas dans la forme antique ; & quoique cette petite négligence ne diminue rien du prix d'un ſi bel ouvrage, on ne peut trop recommander aux Artiſtes de ſe conformer au Coſtume, quand ils traitent des ſujets de l'antiquité. La pierre gravée ſuivante donnera une idée du miroir des Anciens.

Gravelles pl. XXIV.

(1) Adſunt Nerei filiæ Chorum canentes, & Portunus cærulis barbis hiſpidus, &

A ces

A ces attributs divers, qui sont autant de symboles de gaieté & de volupté, nous n'en avons qu'un de retenue & de pudeur à opposer. C'est celui de la tortue, qui est bien plus rare, puisque l'on ne connoît que la statue décrite par Pausanias, dont nous avons parlé, qui soit accompagnée de ce chétif animal, & c'est un seul Auteur qui lui donne l'interprétation du silence & de la vie sédentaire à laquelle les femmes mariées doivent se condamner. (1) On pourroit cependant soupçonner une autre raison prise de la nature des tortues. Le mâle parmi les tortues terrestres, dit Elien, est très-ardent pour la propagation de son espèce; la femelle au contraire ne s'y prête qu'avec répugnance; cet éloignement vient, selon Démostrate, de ce que la femelle étant alors posée sur le dos, le poids de son écaille fait qu'elle a une peine infinie à se retourner, lorsque le mâle s'est retiré, & qu'après cela elle reste en proie aux animaux, & surtout à l'aigle. Le même Auteur ajoute, que le mâle employe toutes sortes de ruses & de petits soins pour l'engager à se rendre, & que la femelle finit par oublier le danger pour se livrer au plaisir.

Pausan. Eliac. 2. c. 25.

Plutarch. in Conjugal. Præcept.

Ælian. Hist. Animal. l. XV. cap. 19.

Autant les colombes, les moineaux & les cygnes étoient agréables à Vénus, autant les porcs lui étoient-ils odieux, soit à cause de la mort d'Adonis, soit parce que c'étoit une

gravis piscoso sinu Salacia, & auriga parvulus Delphini Palæmon; jam passim maria persultantes Tritonum catervæ. Hic conchâ sonaci leniter buccinat: ille serico tegmine flagrantiæ Solis obsistit inimici: alius sub oculis Dominæ speculum prægerit.

Apul. Metam. lib. IV.

(1) On lit dans les emblêmes d'Alciat une épigramme relative à ce sujet.

Cernuus armisonæ præbet draco colla Minervæ;
Domiportam at exterit Venus testudinem.
Virgo sui satagit decoris benè provida; at uxor
Frugi silet, nec limen excedit domus.

eſpèce immonde; & il eſt remarquable que cette haine étoit pour certains peuples un motif de lui en ſacrifier, & pour quelques autres de les écarter de ſes autels. Athénée nous apprend que les Grecs & les Argiens entr'autres lui en immoloient; Pauſanias aſſure que les habitans de Sicyone lui offroient les cuiſſes de toutes ſortes de victimes excepté des porcs; & les Romains n'en ſacrifioient point du tout, ce qui peut ſe concilier en diſant que l'offrande des Grecs étoit une eſpèce de vengeance tirée de cet animal qui avoit donné la mort au favori de la Déeſſe; & que les Romains s'abſtenoient d'en offrir, pour ne point ſouiller ſes regards par la préſence d'une victime auſſi dégoûtante.

Lib. III. p. 95. & 96. Corinth.

TOUT ce qu'on vient de lire ſe réduit donc à une ſeule idée. Vénus eſt la Nature modifiée ſous une infinité de formes, & indiquée par mille attributs divers. Nous avons eſſaié d'enchaîner les idées puiſées dans les Auteurs de l'Antiquité, de rapprocher les plus éloignées en apparence, & d'en former un ſyſtême. Si, malgré nos efforts, on remarque quelqu'incohérence, il faut l'attribuer aux fictions des Poëtes & aux opinions populaires du temps qui ſe ſont gliſſées à travers la doctrine plus ſimple des premiers Philoſophes. Quant à la partie hiſtorique, nous avons mis à contribution tout ce dont on pouvoit emprunter des lumières, les Auteurs & les Monumens. Nous avons évité certains détails qui pouvoient avoir rapport à Vénus, tels que ſon mariage avec Vulcain, ſes amours avec Adonis, & autres ſemblables, qui n'étoient point de notre ſujet. Il eût été facile d'étendre cet ouvrage, mais une Diſſertation ſuffit, & nous aurions fait un volume, ſi nous euſſions mis en uſage toutes nos recherches.

Après avoir discuté cette question avec toute l'attention dont nous sommes capables, il ne nous reste plus qu'un desir à former ; c'est de n'avoir point ennuié nos Lecteurs, auxquels nous avons épargné, autant qu'il a été possible, une érudition inutile & fatigante.

FIN.

APPROBATION.

J'AI lu par l'ordre de Monfeigneur le Garde des Sceaux un Manufcrit ayant pour titre *Differtation fur les Attributs de Vénus, qui a obtenu l'Acceffit*, &c. & je n'y ai rien trouvé qui pût en empêcher l'impreffion. Ce 15 Octobre 1775.

DUPUY.

TABLE DES MATIERES.

A.

D

DIEUX.

E

F

G

J

K

L

M

R

S

T

Ἀναδυομένη.

O

Fin de la Table des Matières.

CORRECTIONS.

Page 14, ligne 21, *In vidit*, lisez *Invidit*.
Page 16, citation vis-à-vis de la seconde ligne. Tom. XXVI, *lisez* Tab. XXVI.
Page 17, ligne 15, sur un plan, *lisez* sur un terrein.
Page 48, ligne 2, ou ne lui cédant, *lisez* ou ne les lui cédant.
Page 69, ligne premiere de la note (3) épitète, *lisez* épithète,
Page 72, ligne 12, la plus jeune, *lisez* l'aînée.
ibid. ligne 14, l'aînée, *lisez* la plus jeune.
Page 84, citation vis-à-vis de la ligne 2, Theocrit. Idyll. 2. v. 30. *lisez* Idyll. 3. v. 28.

www.ingramcontent.com/pod-product-compliance
Ingram Content Group UK Ltd.
Pitfield, Milton Keynes, MK11 3LW, UK
UKHW021544260726
13993UKWH00002B/630

9 782019 996369